诺贝尔文学奖作家文集·福克纳卷

# 我弥留之际

[美]威廉·福克纳／著

李文俊／译

As I Lay Dying

漓江出版社

图书在版编目（CIP）数据

我弥留之际 /（美）威廉 · 福克纳著；李文俊译
. -- 桂林：漓江出版社，2019.9（2025.3 重印）
ISBN 978-7-5407-8709-7

Ⅰ. ①我… Ⅱ. ①威… ②李… Ⅲ. ①长篇小说—美
国—现代 Ⅳ. ① I712.45

中国版本图书馆 CIP 数据核字（2019）第 152024 号

**我弥留之际**
**WO MILIU ZHI JI**

[美] 威廉 · 福克纳　著
李文俊　译

出 版 人　梁　志
丛书策划　张　谦
责任编辑　辛丽芳
书籍设计　石绍康
责任监印　张　璐

出版发行　漓江出版社有限公司
社　　址　广西桂林市南环路 22 号
邮　　编　541002
发行电话　010-85891290　0773-2582200
邮购热线　0773-2582200
网　　址　www.lijiangbooks.com
微信公众号　lijiangpress

印　　制　北京中科印刷有限公司
[北京市通州区宋庄工业区 1 号楼 101 号　邮编：101118]
开　　本　880 mm × 1230 mm　1/32
印　　张　7.75
字　　数　140 千字
版　　次　2019 年 9 月第 1 版
印　　次　2025 年 3 月第 3 次印刷
书　　号　ISBN 978-7-5407-8709-7
定　　价　38.00 元

## 出版说明

“诺贝尔文学奖作家文集”系我社近年长销经典品种，是对二十世纪八九十年代我社品牌图书“获诺贝尔文学奖作家丛书”的继承与发扬，变之前一人一书阵容为每位作家多卷本。如果说老版“诺贝尔”是启蒙版，那么新版就是深入版，既深入作者的内心，也满足读者的深度需求，看上去是小众趣味，影响的是大众阅读倾向，这就是引领的意义，也是漓江版图书一贯的追求。

漓江出版社中外文学编辑部

[美]威廉·福克纳

(William Faulkner, 1897—1962)

福克纳所用的便携式打字机

福克纳的故乡因为他的创作而成为旅游胜地，图为指示福克纳墓地的路标

福克纳的墓地

## 作家·作品

梅尔维尔之后,还没有一个美国作家像福克纳那样写到受苦。

——阿尔贝·加缪

每隔上一段时间,我就翻翻福克纳的书……我看他的书时,就像跟我们村子里的一个老大爷聊天一样,东一句西一句,天南地北,漫无边际。但我总是能从与他的交流中得到教益。

——莫言

成为我师傅的,我想只有威廉·福克纳。我的理由是做师傅的不能只是纸上谈兵,应该手把手传徒弟一招。威廉·福克纳就传给我了一招绝活,让我知道了如何去对付心理描写。

——余华

福克纳是一位关注人类的苦难命运,竭诚希望与热情地鼓励他们战胜困难、走向美好的未来的富于人道主义精神的作家。

——李文俊

# 译 序

这是怎么样的一部书呢？说它是悲剧吧，不大像，说它是喜剧，也不合适。面对着书中的一出出场景，我们刚想笑，马上有别一样的感情涌上心头；反过来，也是一样。这里真的用得上“啼笑皆非”这样一句中国成语了。难怪国外的批评家说这是一出悲喜剧。其实最确切的说法应该是荒诞剧，因为它具有20世纪50年代荒诞剧的一切特色，虽然在它出版的1930年，世界文坛上还没有荒诞剧这个名称。

《我弥留之际》（*As I Lay Dying*）如果与福克纳同时期创作的另一本小说《圣殿》（*Sanctuary*，1931）并读，主旨就显得更清楚了。（《圣殿》的出版在《我弥留之际》之后，其实写成却在《我弥留之际》之前。）在《圣殿》里，福克纳写出了社会的冷漠、人与人之间的隔膜以及人心的丑恶，写出了“恶”的普遍存在。而在《我弥留之际》里，福克纳写出了一群活生生的“丑陋的美国人”。

《我弥留之际》写的是发生在十天之内的事。小说开始时，艾迪·本德仑躺在病榻上。这个小学教员出身的农妇在受了几十年的煎熬后，终将撒手归天。窗外是晦暗的黄昏，大儿子卡什在给她赶制棺材。艾迪曾取得丈夫的口头保证，在她死后，遗体一定要运到她娘家人的墓地去安葬。在三天的准备、等待与大殓之后，到四十英里外的杰弗生去的一次“苦难的历程”开始了。一路上，经过了种种磨难，大水差点冲走了棺材，大火几乎把遗体焚化，越来越重的尸臭招来了众多的秃鹰，疲惫不堪的一家人终于来到目的地，安葬了艾迪。在这个过程中，拉车的骡子被淹死了，卡什失去了一条腿，老二达尔进了疯人院，三儿子朱厄尔失去了他心爱的马，女儿杜威·德尔没有打成胎，小儿子瓦达曼没有得到他想望的小火车，而作为一家之主的安斯·本德仑却配上了假牙，娶回了一位新的太太……

《我弥留之际》写的是一次历险，就这一点来说，它有点像《奥德修记》[①]，但是它完全没有《奥德修记》的英雄色彩。它在框架上又有点像约翰·班扬的《天路历程》[②]。在风格上，它更像《堂吉诃德》。《堂吉诃德》也是让人笑的时候带着泪的一本书。（福克纳说《堂吉诃德》他“年年都要看，就像有些人读《圣经》那样”。）但是《我弥留之际》毕竟是一部现代小说，用欣赏《堂吉诃德》的眼光来看待它总不免有隔靴搔痒之感。

20世纪30年代，美国的一些批评家曾把《我弥留之际》作为一本现实主义小说来分析，把它看成是关于美国南方穷苦白人农民的一部风俗志，一篇社会调查。用那样的眼光来看《我弥留之际》更是没有对准

---

① 据出版福克纳作品的“兰登书屋”的编辑萨克斯·康敏斯说，“我弥留之际”这个题目引自威廉·马礼斯1925年出版的《奥德修记》的英译。在《奥德修记》里，躺着等死的“我”是阿伽门农，他是被妻子及其情夫杀害的。就妻子与人私通这一点来说，阿伽门农的故事与《我弥留之际》有共通之处。（见麦克斯·普泽尔：《地域的天才》198~199页，207页，路易斯安那大学出版社，1985年）

② 英国批评家迈克尔·米尔盖特特别强调这一点，他甚至认为“本德仑”（Bundren）这个姓与《天路历程》中基督徒身上的负担（burden）有一定的关系，这一家人进行的是一次具有冷嘲意味的朝圣者的历程。杰弗生镇可以比拟为“天堂”，安斯得到了他的“报酬”：假牙、新妻与留声机。达尔却在天堂的门前走上了一条通向地狱的路。（见迈克尔·米尔盖特：《威廉·福克纳的成就》，110页，内布拉斯加大学出版社，1978年）

焦距。这非但无助于领会作品的主旨,反而会导致得出“歪曲贫农形象”这样的结论。

那么,应该用什么尺度来衡量《我弥留之际》呢?

迈克尔·米尔盖特在他的《威廉·福克纳的成就》这本书里说:“福克纳的主要目的更像是迫使读者以比书中的人物与行动第一眼看去所需要或值得的更高一层、更有普遍意义的角度来读这本小说,来理解本德仑一家及其历险记。还有,尽管这个故事读来让人不愉快,它经常具有一种阴阴惨惨的狂想曲的气氛,但是它使我们逐渐领会,在某种意义上它是关于人类忍受能力(human endurance)的一个原始的寓言,是整个人类经验的一幅悲喜剧式的图景。”[①]美国批评家克林斯·布鲁克斯也在他的《威廉·福克纳浅介》一书里说:“要考察福克纳如何利用有限的、乡土的材料来刻画有普遍意义的人类,更有用的方法也许是把《我弥留之际》当作一首牧歌来读。首先,我们必须把说到牧歌就必得有牧童们在美妙无比的世外桃源里唱歌跳舞这样的观念排除出去。所谓牧歌——我这里借用了威廉·燕卜荪的概念——是用一个简单得多的世界来映照一个远为复杂的世界,特别是深谙世故的读者的世界。这样的(有普遍意义的)人在世界上各个地方、历史上各个时期基本上都是相同的,因此,牧歌的模式便成为一个表现带普遍性问题的方法,这样的方法在表现时既可以有新鲜的洞察力,也可以与问题保持适当的美学距离。”布鲁克斯继续写道:“更具体地说,大车里所运载的本德仑一家其实是我们这个复杂得多的社会的有代表意义的缩影。这里存在着生活中一些有永恒意义的问题,例如:终止了受挫的一生的死亡、兄弟阋墙、驱使我们走向不同目标的五花八门的动机、庄严地承担下来的诺

---

① 见该书110页。

言的后果、家族的骄傲、对家庭的忠诚与背叛、荣誉，以及英雄行为的实质。”①

米尔盖特和布鲁克斯的意思很清楚：应该把《我弥留之际》作为寓言来读，不应那么实、那么死地把本德仑一家视为美国南方穷苦农民的“现实主义形象”，他们在一定意义上是全人类的象征，他们的弱点与缺点是普通人身上存在的弱点与缺点，他们的状态也是人类的普遍状态。福克纳对人类状况的概括是否准确，这是另一个问题。但是《我弥留之际》不能作为一部传统意义上的现实主义作品来读，这一点，时至今日，恐怕不应再有异议了。

布鲁克斯列举了一连串有“普遍性”的问题，这些问题，《我弥留之际》中的确都有所涉及。但是，什么问题是作者最为关注的呢？他所着重表现的是人类行为的哪一种状态呢？他要揭示给读者的是什么样的寓意呢？

读过福克纳《喧哗与骚动》的人也许会注意到，该书的结尾是这样一个只有主语和谓语、没有任何修饰成分的简单句：“他们在苦熬。”(They endured.)从字面上看，这是对迪尔西及其黑人同胞的写照，但何尝不可以理解为对全人类命运的概括描述？在福克纳看来，人类存在虽然已有千百万年的历史，但是时时刻刻仍然在为自身的生存殚精竭虑、流血流汗，说他们“在苦熬”一点也不过分。在多读了一些福克纳的作品之后，我们会发现这样的想法并非福克纳灵魂里的一闪念，他像是抑制不住经常要回到这个主题上来。“endure”与以名词形式出现的“endurance”多次在福克纳的笔底下出现。在著名的中篇小说《熊》

① 克林斯·布鲁克斯：《威廉·福克纳浅介》，88~89页，耶鲁大学出版社，1983年。

(1942)里,他说黑人“会挺过去的”(will endure)[①]。他的诺贝尔奖演说词只有短短的四小段,“endure”或“endurance”却出现了五次之多。而且福克纳仿佛有意要让读者铭记在心似的,这个词还出现在演说词最后一个带格言意味的句子里:“诗人的声音不必仅仅是人类的记录,它可以成为帮助人类忍耐与获胜(endure)的那些支持与栋梁中的一个。”四年之后出版的长篇小说《寓言》(1954)里,福克纳又写下了这样的文字:“人类和他的愚蠢行为会继续存在下去(will endure)和蓬勃发展。”[②]——当然不仅仅是文字,而且也是中心思想。1955 年,他在答记者问时表达了同样的意思,虽然换了一个说法。他说:“我也很想写一本乔治·奥威尔的《1984》那样的书,它可以证明我**一直在鼓吹的思想**:人是不可摧毁的(man is indestructible),因为他有争取自由的单纯思想。”[③]

以上众多的例子足以证明,对于人类忍受苦难的能力以及终将战胜苦难[④]这样的思想,福克纳是一直在考虑与关注的。国外的批评家似乎还没有人专门撰文探讨福克纳用字遣词上这样一个有趣的现象,但是他们对于福克纳如此执着地关心着这个命题是注意到了的。法国作家加缪指出:“梅尔维尔之后,还没有一个美国作家像福克纳那样写到受苦。”[⑤]法国批评家克洛德-埃德蒙·马涅认为:“福克纳作品中的人的状况颇似《旧约》中所刻画的人类状况:人在自己亦难以阐明的历史

---

① 见《去吧,摩西》294 页,“温特奇丛书”,1973 年。

② 《寓言》,354 页,兰登书屋,1954 年。

③ 《园中之狮》,241 页,“野牛丛书”,1980 年。文中排黑体字处为本文作者所改。

④ 在英语里,“endure”一词兼有“忍受”(to bear)与“挺过来”(to last)这两层意思。见《牛津大词典》。

⑤ 《纽约先驱论坛报》书评,1960 年 2 月 21 日。

中极其痛苦地摸索前进。”[①]克林斯·布鲁克斯干脆用总结的口吻概括说:“福克纳在他所有的作品中都一直关注着人类的忍受能力,他们能面对何等样的考验,他们能完成什么样的业绩。本德仑一家如何设法安葬艾迪·本德仑的故事为福克纳提供了一个思考人类受苦与行动能力的极其优越的角度。这次英勇的历险牵涉到多种多样的动机与多种多样的反应。”[②]

这些外国作家、批评家的论断应该说是实事求是、令人信服的。在做了以上的考察之后,我们是否可以得出这样的结论:福克纳是一位关注人类的苦难命运,竭诚希望与热情地鼓励他们战胜困难、走向美好的未来的富于人道主义精神的作家。至于他为什么有时候把受苦的人们写得这么丑陋,这个问题将放在后面适当的场合阐述。现在,先让我们对《我弥留之际》的主要人物作些分析,以此说明福克纳在这部小说里是怎样表现他的关于人、关于人的苦难与奋斗的思想的。

女性在福克纳的作品中一向占着相当重的分量。小说里弥留中的“我”——艾迪·本德仑,显然处于一个轴心的位置。这个家庭的主妇首先就是个被生活挫败的人。她年轻时受到父亲悲观思想的影响。父亲常对她说:“活在世上的理由仅仅是为长久的死亡做准备。”她当过小学教员,但是她既不爱自己的职业也不爱她的学生。她是一个孤儿,也许是因为害怕孤独,嫁给了也是孤儿的安斯。婚后不久,在她心中,安斯已经死了。结婚之后,她感情上也起过一次波澜,但是她的情人惠特菲尔德牧师和《红字》里的狄姆斯台尔一样,也是个懦夫。受骗上当使她不再相信“言语”的真实性。在贫穷与孤独中操劳了一辈子之后,艾

① 《福克纳评论集》,249页,中国社会科学出版社,1980年。

② 《威廉·福克纳浅介》,94页。

迪终于死去。也许是因为除了她娘家的血亲关系之外,对别的都感到不可靠,她要求和娘家人埋葬在一起。小说中只有一段独白属于她,这一节(第40节[①])在小说的后半部分出现,那时她已经死去好几天。读这段文字有如深夜听一个怨魂在喁喁泣诉。可以这样说,艾迪·本德仑直到死去也始终没有处理好与生活的关系。她的一生本身就是一次“苦难的历程”。

艾迪的大儿子卡什是个只知闷头干活的老实人。他是个好木匠,对他来说,为母亲及时做好棺材就是最后一次表达对母亲的爱。因此,他就在她窗外赶制,做好一点就拿给她看,这是他的劳动成果,他并不觉得有什么可忌讳的。他迂得可笑,也迂得可爱。福克纳所写他对于棺材制作的十三条设想(第18节[②])固然有些夸张,但还是刻画出了把技艺看得高于一切的手艺人的灵魂。卡什木讷寡语,很能吃苦。就能忍受痛苦与乐于自我牺牲来说,他是福克纳所赞美的受苦精神的集中体现。为这次出殡他失去了一条腿,在他身上我们可以看到背十字架、上十字架的耶稣基督的影子。和耶稣一样,他也是一个木匠。这一点也许不仅仅是偶合。

达尔的形象比较复杂。他属于西方文学里那种“疯子—先知”的典型。在全书的59节中,有19节是由他来叙述的。在这支内心独白者组成的“球队”中,他像是起着一个“二传手”的作用。许多线索像球那样传给了他,又由他再传出去,故事也因此得以展开。从这一点说,他在一定程度上起着作家本人的作用。他总是在分析、评论他周围的人物。他的观察力、思考力特别强,甚至达到具有“特异功能”的程度。唯其因为他能看透别人的隐私,他才受到来自各方的冷眼与憎厌。他反对把

---

① 见本书第139页。

② 见本书第66页。

母亲已经腐烂的尸体运到远处去安葬的主张应该说是合乎理性的,但是他采取了纵火的办法来贯彻这一主张,结果授人以口实,被送进了疯人院。世界上不少失败者都和达尔有着同样的命运。达尔是一个与环境格格不入的“畸零人”,他最具有现代文学中“现代人”形象的特点。布鲁克斯说他是“一个怀疑主义者和半个存在主义者”①。这样的人总是认为世界上所有的苦难几乎都集中于自己的一身。

朱厄尔爱马。书中把他和马的关系写得十分出色,使人想起朱厄尔就会同时想起他的马。他们密切不可分,几乎成了希腊神话中的“半人半马”(centaur)。为了得到这匹马,他曾付出极大的代价。他脾气激烈暴躁,像一匹烈马。他生性骄傲,像一匹高贵的名马。但是从水里救出母亲遗体的是他,从火里扛出棺材的也是他。他又像一匹忠心耿耿的良驹。但是正如千里马不能适应车舆犁耙的役使一样,朱厄尔在闭塞落后的约克纳帕塔法县,肯定是会碰得头破血流的。

杜威·德尔具有福克纳笔下经常出现的“原始人”的气质。书中写了一大段她与牛“感情交流”的过程,绝不是偶然的。母牛乳房胀疼,希望她来缓解。她心里有难言之隐,只能向不会说话的母牛倾诉。这二者之间原本没有太大的差别。她为了设法堕胎,一再催促父亲进城,结果不但目的没有达到,而且还吃了哑巴亏。她没有自卫能力,却可以加害于人。是她,告发了达尔的纵火行为,揪住他让疯人院的工作人员得以从容行动。她既懦弱又凶残,也许这就是福克纳所说的“人类的愚蠢行为”吧。不管怎么说,除了回到乡间,生下私生子,度过比母亲还不如的受苦人的一生之外,她是不会有更好的命运的。

小儿子瓦达曼是个弱智儿童,其智商比《喧哗与骚动》里的班吉稍

---

① 《威廉·福克纳浅介》,87 页。

高，但也好不到哪里去，否则他就不会演出下面这一幕幕了：把母亲与大鱼混淆了起来，认为皮保迪大夫是母亲的谋杀者，打走了他的马，在棺材盖上钻眼毁损了母亲的遗容……就和他进城一次得不到梦寐以求的玩具小火车一样，在新的本德仑太太的统治下，他也绝不会实现他别的渺小的希望的。

我们把一家之主的安斯·本德仑放在最后来说，是因为他身上可鄙、丑恶的成分比其他人都多。克林斯·布鲁克斯说："安斯肯定是福克纳创造出来的人物中最最可鄙的一个。"[①]世界上丑恶现象之多与突出常令人难以解释，使得许多思想家与作家不得不从"人性恶"上面去找原因。马克·吐温晚年就对人类抱着非常悲观的看法。他说："在一切生物中，人是最丑恶的。在世间的一切生物中，只有他最凶残——这是一切本能、情欲和恶习中最下流、最卑鄙的品质。人是世界上唯一能够制造痛苦的生物，他并非出于什么目的，而只是意识到他能够制造它而已。在世界上的一切生物中，只有他才具有卑鄙下流的才智。"福克纳没有马克·吐温走得那么远，但他也在作品中——特别是早期的作品中——写到了"人类的愚蠢行为"如何毁灭了世界上许多美好的东西。在《我弥留之际》中，安斯·本德仑的懒惰与自私就没有能把妻子从原有的悲观厌世情绪中解脱出来，使她过了毫无光彩的一生，终于在郁郁不欢中死去。他不断地剥夺子女的权益，使他们也成为狭隘、自私的人，使他们在感情上互相难以沟通，甚至于彼此仇视。自我净化是人类走向幸福必不可少的一个步骤。正是出于这个目的，福克纳才在他的作品中突出了美国人特别是美国的南方人性格中丑陋的一面。1955年福克纳访问日本时，有人问他为什么要把人写得那么卑劣。福克纳

① 《威廉·福克纳浅介》，82页。

回答说："我认为理由很简单，那就是我太爱我的国家了，所以想纠正它的错误。而在我力所能及的范围之内，在我的职业的范围之内，唯一能做的事就是羞辱美国，批评美国，设法显示它的邪恶与善良之间的差别，它卑劣的时刻与诚实、正直、自豪的时刻之间的差别，去提醒宽容邪恶的人们，美国也有过光辉灿烂的时刻，他们的父辈、祖父辈，作为一个民族，也曾创造过光辉、美好的事迹，仅仅写美国的善良对于改变它的邪恶是无补于事的。我必须把邪恶的方面告诉人民，使他们非常愤怒，非常羞愧，只有这样他们才会去改变那些邪恶的东西。"[①]看来，福克纳写本德仑一家，与鲁迅写阿Q是有共同之处的（且不说这两篇作品都具有寓言的特点）。他对美国南方的农民，也有着鲁迅对中国人民那样的"哀其不幸，怒其不争"的心理，他写自己同胞"国民性"中低劣的一面，也还是为了使美国人振奋自强。我们实在找不出什么理由不赞同他这样做。何况他在写这些方面的同时，仍然写出了他们勇敢、自我牺牲与理性的一面，如朱厄尔、卡什与达尔的那些表现。

而且在总体上，福克纳还是把这次出殡作为一个堂吉诃德式的理想主义行为来歌颂的。尽管有种种愚蠢、自私、野蛮的表现，这一家人还是为了信守诺言，尊重亲人感情，克服了巨大的困难与阻碍，完成了他们的一项使命。福克纳自己说："《我弥留之际》一书中的本德仑一家，也是和自己的命运极力搏斗的。"[②]可以认为，《我弥留之际》是写一群人的一次"奥德赛"，一群有着各种精神创伤的普通人的一次充满痛苦与磨难的"奥德赛"。从人类总的状况来看，人类仍然是在盲目、无知的状态之中摸索着走向进步与光明。每走一步，他们都要犯下一些错误，付出沉重的代价。就这个意义说，本德仑一家不失为人类社会的一

① 《园中之狮》，159~160页。
② 《福克纳评论集》，273页。

个缩影。加缪对福克纳作品的主题所做的概括也许是绝对化了一些，但是并不是没有道理的。他说："福克纳给予我们一个古老然而也永远是现代的主题。这也许是世界上唯一的一个悲剧：盲人在他的命运与他的责任之间摸索着前进。"福克纳有他自己的概括方式，他说："到处都同样是一场不知道通往何处的越野赛跑。"[①]在20世纪30年代福克纳所处的时代与世界里，这样的描述不失准确与真实。福克纳在自己的作品里反映了这样的现象，应该说从本质上看，是忠实与深刻地反映了他周围的现实的。

李文俊

2012年岁暮订正

① 《福克纳评论集》，50页。

# 人物表[1]

安斯·本德仑　　农民

艾迪·本德仑　　其妻

卡什·本德仑　　长子

达尔(达雷尔)·本德仑　　次子

朱厄尔·本德仑　　三子

杜威·德尔·本德仑　　其女

瓦达曼·本德仑　　幼子

弗农·塔尔　　农民,本德仑的乡邻

科拉·塔尔　　其妻

凯特·塔尔　　其女

尤拉·塔尔　　其女

莱夫　　乡邻,青年农民,杜威·德尔的男友

皮保迪　　医生

朗·奎克　　乡邻

小朗·奎克　　其子

阿姆斯蒂　　乡邻

---

① 此表系本书译者所加。

卢拉·阿姆斯蒂　其妻

惠特菲尔德　　牧师

比利·凡纳　　乡邻,店主兼兽医

乔迪　　其子

休斯顿　　乡邻

利特尔江　　乡邻

萨姆森　　店主

雷切尔·萨姆森　　其妻

斯图尔特·麦卡勒姆　　农民

尤斯塔斯·格里姆　　斯诺普斯的帮工,这个斯诺普斯是贩野马的弗莱姆·斯诺普斯的侄子

莫斯利　　在莫特森镇上开了家药房的药剂师

艾伯特　　药房伙计

警察局长　　莫特森镇的警察局长

吉利斯皮　　农民,住在杰弗生郊外的大路旁

麦克·吉利斯皮　　其子

斯基特·麦高恩　　杰弗生镇上一家药房的伙计

乔迪　　同一药房的小伙计

鸭子模样的女人　　新的本德仑太太

# 目 录

# 达 尔

朱厄尔和我从地里走出来，在小路上走成单行。虽然我在他前面十五英尺，但是不管谁从棉花房[①]里看我们，都可以看到朱厄尔那顶破旧的草帽比我那顶足足高出一个脑袋。

小路笔直，像根铅垂线，被人的脚踩得光溜溜的，让七月的太阳一烤，硬得像砖。小路夹在一行行碧绿的中耕过的棉花当中，一直通到棉花地当中的棉花房，在那儿拐弯，以四个柔和的直角绕棉花房一周，又继续穿过棉花地，那条路也是脚踩出来的，很直，但是一点点看不清了。

棉花房是用粗圆木盖成的，木头之间的填料早已脱落。这是座方方正正的房屋，破烂的屋顶呈单斜面，在阳光底下歪歪扭扭地蹲着，空荡荡的，反照出阳光，一副颓败不堪的样子，相对的两面墙上各有一扇宽大的窗子对着小路。当我们走到房子跟前时，我拐弯顺着小路绕过房子，而在我十五英尺后面的朱厄尔却目不斜视，一抬腿就跨进窗口。他仍然直视前方，灰白的眼睛像木头似的镶嵌在那张木然的脸上，他才走了四步就跨过房间的地板，姿势发僵像雪茄烟店门口的木制印第安人。他穿着打补丁的工裤，大腿以下倒是挺灵活的，他又一步跨过对面

① 这是盖在棉花地当中临时堆放棉花的小屋。译注。本书脚注均为译者注。

的窗子,重新来到小路上,这时候我刚从拐角绕过来。我们又排成单行,两人相距五英尺。现在是朱厄尔走在前面。我们顺着小路朝断崖底下走去。

塔尔的大车停在泉边,拴在栅栏上,缰绳绕在座位支柱上。大车里放着两把椅子。朱厄尔在泉边停下,从柳树枝头取下水瓢舀水喝。我越过他登上小路,开始听见卡什锯木头的声音。

等我来到小山顶上时他已经不锯了。他站在碎木屑堆里,正把两块木板对拼起来。给两边的阴影一衬,木板金黄金黄的,真像柔软的黄金,木板两侧有锛子刃平滑的波状印痕:真是个好木匠,卡什这小伙子。他把两块木板靠在锯架上,把它们边对边拼成挺讲究的木盒的一个角。他跪下来眯起眼睛瞄瞄木板的边,然后把它们放下,拿起锛子。真是个好木匠。艾迪[①]·本德仑不可能找到一个更好的木匠和一副更称心的寿材了。这可以给她带来自信,带来安逸。我继续朝屋子走去,背后是锛子的操作声:

唏克　唏克　唏克

① 艾迪(Addie)一般不用作女人名字,应系阿黛尔、阿德莱德或艾德琳的简称。

# 科 拉

因此我省下鸡蛋，昨天烤了些蛋糕。蛋糕烤得还蛮像样呢。我们养的鸡真帮忙。它们是生蛋的好手，虽然在闹负鼠和别的灾害之后我们已经所剩不多了。还闹蛇呢，夏天就闹。蛇糟践起鸡窝来比什么都快。因此，在养鸡的成本大大超过了塔尔先生的设想之后，在我向他担保鸡蛋的产量肯定会把费用弥补回来之后，我就得格外上心了，因为是我做了最后保证之后我们才决定养的。我们本来也可以养便宜些的品种，可是那回劳温顿小姐①劝我买好品种时我已经答应她了，塔尔先生自己也承认从长远来说养优良品种的牛和猪还是划得来的。因此，在失去了那么多只鸡之后我们自己就舍不得吃蛋了，因为我不能让塔尔先生来责怪我，要知道是我作了保证之后我们才养鸡的呀。因此当劳温顿小姐跟我提起蛋糕的事之后，我想对了，我可以烤蛋糕嘛，每回赚的钱加在整群鸡的净值里就相当于两只鸡了。而且每回可以少放一个鸡蛋，这样一来连鸡蛋本身也不值几个钱了。那个星期母鸡蛋下得真多，我不单留出了准备卖的蛋，留出了烤蛋糕的蛋，而且剩下的蛋连买面粉、糖和柴火

---

① 福克纳在他另一部作品《村子》的初稿里也提到这位劳温顿小姐，说她是个到农村向大众示范宣讲农业技术的“县示讲员”。

的钱都够了。因此昨天我就烤蛋糕了,我这辈子还从来没有这么上过心呢。蛋糕烤出来一看还蛮像样。可是今天早上我们进城,劳温顿小姐告诉我说那位太太又变卦了,她最后又不想举办晚会了。

“不管怎么说,她也应该把订的蛋糕买走的。”凯特说。

“唉,”我说,“我想事到如今,这些蛋糕对她来说也没用了。”

“那她也应该把蛋糕买下来的,”凯特说,“这些城里的阔太太主意变得真快。穷人可没法跟她们学。”

在上帝面前财富算不了什么,因为他能够看透人心。“没准星期六我可以拿到集上去卖掉。”我说。蛋糕烤得还真不错呢。

“你一个蛋糕连两块钱都收不回来。”凯特说。

“唉,反正我也没花什么本钱。”我说。鸡蛋是我省下来的,糖和面粉是我用一打鸡蛋换来的。这些蛋糕倒没让我花一个子儿,塔尔先生也明白,我省下来的蛋已经超过了我们打算要卖掉的,因此,这些蛋就跟捡来或是别人白给的一样。

“既然她事先等于跟你说好了,那她就该把那些蛋糕买下来。”凯特说。上帝可以看透人心。如果那是**他**的旨意:某些人对诚实的看法可以跟别人不一样,那就更不应该由我来对**他**的旨意表示怀疑了。

“我看,她本来就不需要什么蛋糕。”我说。这些蛋糕烤出来一看还真不错呢。

尽管天那么热,被子却一直拉到她下巴那儿,露在外面的只有她的两只手和一张脸。她上半身靠在枕头上,头支得高高的让她可以望见窗外,每回他用锛子或是锯子我们都听得清清楚楚。就算我们耳朵聋了,单看她的脸我们也能听见他的声音,看见他的动作。她的脸瘦得只剩皮包骨,显露出一根根白色的棱条。她的眼睛像两支蜡烛,那种烛泪可以滴落进铁烛台槽孔里的蜡烛。可是永恒、永生的解救和神恩却还没有降临到她的头上。

“蛋糕烤得还真不错，”我说，“可是远不如艾迪以前烤的那么好。”你从那只枕头套就可以看得出那个姑娘的洗、熨衣服的本事怎样了，那还能叫活儿吗。也许这正好反映出她对闺女的盲目信任，躺在那儿听任四个男人和一个野里野气的姑娘来摆布和服侍。“这一带没有一个女人烘烤东西能比得上艾迪·本德仑，”我说，“只要她能起床再做蛋糕，我们做的连一个也卖不出去。”在被子底下她整个人还没有一根棍子粗，完全是凭了玉米衣床垫的窸窣声我们才知道她还在呼吸。连她脸颊上的头发也一动不动，即使是她那个闺女站在她的身旁用一把扇子给她扇风。我们看她的时候，那姑娘把扇子换到另外一只手里，扇扇的动作却没有停下过。

“她睡着了吗？”凯特悄声问道。

“她是在瞅窗外的卡什呢。”姑娘说。我们能听见锯木板的声音，听起来像是有人在打鼾。尤拉转过身子朝窗外看去。她的项链给那顶红帽子一衬显得非常漂亮。你不会想到它只值两毛五分钱的。

“她应该把那些蛋糕买下来。”凯特说。

这笔钱本来可以让我派大用场的。不过老实说，这些蛋糕没让我花多少钱，就只在烘烤上面费了点工。我可以跟他说每个人都免不了会出点纰漏的；也不是所有的人都能出纰漏而又不受损失的，我可以这么跟他说；并不是所有的人都能出了纰漏而又能把它们吃到自己的肚子里去的，我还可以跟他说。

有人穿过门厅走进来，那是达尔。他经过房门时并没有朝里面看。尤拉看他走过，看他走到后面去消失不见。她的手举起来轻轻地摸摸她的珠子，又摁摁自己的头发。当她发现我在瞅她时，她的眼睛变得毫无表情。

# 达 尔

爹和弗农坐在后廊上。爹正用大拇指和食指把嘴唇往外拉，把鼻烟盒盖子里的鼻烟往下嘴唇里倒。我穿过后廊把水瓢伸到水桶里舀水喝，他们扭过头来看我。

“朱厄尔在哪儿？”爹问。我还是个小孩的时候就发现水在杉木水桶里放上一会儿要好喝得多。凉凉的，却又有一点儿暖意，有一股淡淡的香味，就像七月天杉树林里的热风。至少要在桶里放六个小时，而且得用水瓢喝。用金属容器喝水绝对要不得。

到了晚上水就更好喝了。我总是躺在门厅的地铺上，听到大家全都睡着了，再爬起来回到水桶边去。一切都是黑黝黝的，搁板黑黝黝的，静止的水面是一个空空的圆洞，在我没有用勺子把它搅醒时，没准还能看见桶里有一两颗星星，而水没下肚的时候，没准勺子里也会有一两颗星星。后来我长大些了，长了些岁数。那时候我总等着，等他们全都睡着了，我就可以让衬衫下摆朝上翻地躺着，我听见他们全都睡着了，我没有抚触自己却感觉到自己的存在，感觉到凉爽的寂静吹拂着我的下身，心里一边在琢磨，躺在那头黑暗里的卡什是不是也在这样做，也许在我想这样做、能这样做的前两年他已经在这样做了。

爹的脚外八字得很厉害。他的脚趾痉挛、扭歪、变形，两只小脚趾根本长不出指甲来，这都是因为小时候穿了家制的粗皮鞋在湿地里干活儿太重的关系。他那双粗皮靴搁在椅子旁，看上去像是用钝斧从生铁块里砍出来的。弗农进过城了。我从未见过他穿工作服进城。都是他太太的关系，大伙儿说。她以前也在学堂里教过书。

我把水瓢里的剩水泼在地上，用袖子擦擦嘴。明天天亮之前会下雨。没准儿不到天黑就要下。“到谷仓去了，”我说，“正在给马套马具呢。”

在那儿鼓捣那匹马。他[1]还会走出谷仓，到牧场上去。那匹马还会走失不见，它准是藏在松树苗圃林里，在阴凉的地方躲着。朱厄尔便吹口哨，只吹一下，声音很尖。马儿打了个响鼻，这时候朱厄尔看见它了，看见它在蓝幽幽的阴影里亮晃晃地闪了一下。朱厄尔又吹一声口哨，马儿从斜坡上冲下来，腿脚僵僵的，耳朵竖起在轻轻抖动，两只不对称的眼睛滴溜溜转着，在离开二十英尺处突然刹住，侧身站着，扭过头来瞅瞅朱厄尔，一副小猫般顽皮而又机警的模样。

“上这儿来呀，老兄。”朱厄尔说。它动了。迅如风雷，以致身上的毛团聚成一簇一簇，鬃毛像许多个火舌在飞舞。那匹马鬃毛、尾巴翻腾挥动，眼珠转滚，在作了一次短短的腾跃式的冲刺之后猛地停了下来，四条腿并拢，打量着朱厄尔。朱厄尔稳步朝它走去，两只手垂放在两侧。要不是多出了朱厄尔的两条腿，他们真像是太阳底下一座充满野气的雕塑了。

就在朱厄尔快要碰到它时，那匹马用后腿直立起来，扑向朱厄尔。接下去朱厄尔就被包围在马蹄组成的晃眼的迷阵里，这迷阵仿佛用幻觉中的羽翼组成；他在马蹄当中和后仰的马胸脯底下像条闪光、灵活的

---

① 指朱厄尔。

蛇那样地扭动。就在马蹄眼看要踩到他双臂那一瞬间,他让自己整个身体平躺着腾空而起,像蛇一样灵活地一甩一扭,抓住马的鼻孔然后又跌回到地上。接下去双方僵持不动,激烈地对峙着,那匹马用僵直、颤抖的腿脚支撑着,头部低垂,朝后挣脱;朱厄尔用脚跟抵着地,一只手挡住马的鼻息,另一只手急促地一下下地抚拍马的脖颈,同时用脏话恶狠狠地咒骂那匹马。

他们激烈地僵持不下,时间似乎为之停止流动,那匹马颤抖着,呻吟着。接着朱厄尔翻上了马背。他像抽动的鞭子一样弓身一跃飞上了马背,身子在半空中便摆好骑马的姿势。那匹马叉开腿低垂了头站停片刻,马上又接着扑腾起来。他们用一连串足以颠散骨架的蹦跳跑下小山,朱厄尔像水蛭似的紧紧贴在马肩隆上,马儿跑到围栏跟前又急急地刹住脚步。

“行了,”朱厄尔说,“你闹够了就给我老实一会儿。”

一进谷仓,还不等马儿停下朱厄尔就滑下地面跑在马儿的身边。马走进厩房,朱厄尔跟在后面。马连头也不回便向他踢来,一只蹄子蹬在墙上发出了开枪般的声音。朱厄尔朝它肚子踢了一脚,马龇牙咧嘴把头扭过来,朱厄尔挥拳朝它脸上打去,乘势登上马槽,站在上面。他攀住放干草的棚架,低下头来朝厩顶和门口望去。小路空荡荡的,在这里他甚至都听不见卡什的锯木声。他站直身子,急匆匆地扯了一大抱干草,把它塞在马槽里。

“吃吧,”他说,“趁你能吃赶紧把这些东西消灭了吧,你这满肚子草的畜生。你这招人疼爱的王八蛋。”他说。

# 朱厄尔

全都是因为他待在外面,紧挨在窗口底下,又是敲又是锯,做那口破棺材。就在她肯定能看见他的地方。就在她每吸进一口气也把他敲和锯的声音一起吸进去的地方,在她可以看见他说"瞧呀"的地方。瞧呀,我给你做的是多好的一副寿材啊。我告诉过他叫他上别处去做。我说**好上帝**难道你愿意看见她躺在里面吗。这就跟他还是个小小孩那会儿一样,她说要是她有一些肥料她就要试着种点花儿,于是他就拿了只烤面包的平底锅到马棚去装了满满一锅马粪回来。

这会儿其他的人都坐在那儿,像秃鹰似的。一边等,一边给自己扇扇子。因为我说过你能不能别那么老是锯老是钉直到别人连觉都睡不着而她那两只手摊在被子上就像两条从土里挖出来的根想洗一洗可你们怎么也没法把它们洗干净。我现在可以看见那把扇子还有杜威·德尔的胳膊。我早就说过你们还是让她安静一会儿吧。又是锯又是敲,老让空气在她脸上快快地流动她那么累根本没办法把空气吸进去,还有那该死的锛子老是还差**一家伙**。还差**一家伙**。还差**一家伙**使得每一个路过的人都不得不停下来看看那口棺材还说他是一个多么高明的木匠。要是从那个教堂上摔下来的不是卡什而偏偏是我那该多好还有要是让那车木头掉下来压趴下的不是爹而偏偏是我那该多好,那样就不至于让县里的每一个浑蛋都进来瞪大了眼看她了如果世界上有上帝**他**到底是干什么的。就让我和她两人在一座高山坡上我来推动石块让它们滚下山去砸他们的脸,捡起石子来往山下扔砸他们的脸他们的牙齿和所有别的部位天哪一直到她感到清静为止也没有那个该死的锛子老是差那么**一家伙**。差那么**一家伙**那样我们就可以耳根清净了。

# 达　尔

我们看着他绕过屋角登上台阶。他没有看我们。“你们准备好啦?”他说。

“就等你把牲口套上了。”我说。我又说:“等一等。”他停住脚步,望着爹。弗农吐了口痰,人一动也不动。他一丝不苟异常精确地把痰吐在廊子底下有一个个小坑的尘土里。爹的两只手在膝盖上慢腾腾地来回蹭着。他的目光越过断崖的顶尖,越过了田野。朱厄尔瞧了他一会儿,走到桶边去又喝了一些水。

“我跟任何人一样不喜欢犹豫不决。”爹说。

“能拿到三块钱呢。”我说。爹背部隆起的地方衬衫颜色比别的地方淡得多。他衬衫上没有汗渍。我从未见过他衬衫上有汗渍。他二十二岁时有一次在烈日下干活犯了病,他老跟别人说要是他出汗他准会死的。我寻思连他自己也相信这样的说法是真的了。

“不过要是她支撑不到你们回来,”他说,“她会感到失望的。”

弗农又朝尘土里吐了口痰。不过反正明天天亮前会下雨的。

“她牵挂着这件事呢,”爹说,“她巴不得立刻就办。我知道她的脾性。我答应她把拉大车的牲口准备好等着,她一直牵挂着呢。”

“那我们就更得拿到那三块钱不可了。”我说。爹的眼光越过田野,两只手在膝盖上蹭着。自从他牙齿掉了之后,他一吸鼻烟嘴巴就不断慢慢往里瘪陷。胡子茬使他下半个脸看上去像只老狗。“你最好快点拿定主意,这样我们就能在天黑之前赶到那儿装一车货了。”我说。

“妈还没病得这么厉害呢,”朱厄尔说,“别说了,达尔。”

“这话不假,”弗农说,“她一个星期以来就数今天精神最好。等你和朱厄尔回来,她都可以坐起来了。”

“你倒很清楚嘛,”朱厄尔说,“你老来看她,来得也真够多的,你和你一家子。”弗农瞪眼看着他。朱厄尔的眼睛在他那张充血的脸上像是白森森的木头。他比我们所有这些人都高出一个头,他一直比我们高。我跟大家说过,就因为这个他挨妈的打和疼爱比谁都多。因为他又瘦又弱的老在屋子周围转悠。这也是妈给他起名叫朱厄尔[①]的原因,我告诉过大家。

“别说了,朱厄尔。”爹说,不过好像他也没怎么听别人说话。他眼睛望着田野远处,双手在膝盖上蹭着。

“要是她等不及我们,”我说,“你可以先借弗农的牲口用一下,我们会赶上来的。”

“唉,废话你就别说了。”朱厄尔说。

“她就是想用我们自己的车走呢,”爹说,他搓磨着自己的膝盖,“再没有比这更让人烦心的了。”

“躺在那儿,看着卡什钉那口该死的……”朱厄尔说。他的语气硬邦邦、恶狠狠的,可是并没有把那两个字说出来。就像一个在黑暗里的小男孩,原想显露一下自己的勇气,结果却被自己的叫喊吓住,反而不敢吭声了。

---

① 朱厄尔(Jewel)这个词的意思是“珍宝”。

"她自己要那样做的,就跟她非要用自己家的大车走一样,"爹说,"知道是自己人打的好寿材,躺在里面心里也踏实,自己家里的东西嘛。她一向是个爱用自己家东西的女人。你们是很清楚的。"

"那就让自己人打吧,"朱厄尔说,"可是你又怎么知道什么时候——"他盯着看爹的后脑勺,两只眼睛像白森森的木头。

"没问题,"弗农说,"她能支撑到你们把事情办完的。她能支撑到一切准备就绪,直到她的大限来临。再说现在路很好走,要不了多少时间你们就可以把她送到城里去的。"

"看来天要下雨,"爹说,"我这个人运气不好。我运气一向不好。"他的手在膝盖上搓擦。"都怪那个讨厌的大夫,说不准他什么时候来,我很晚了才让人捎话叫他来。要是他明天才来告诉她大限到了,那她是不愿等的。我了解她。不管大车在还是不在她都是不愿意等的。不过那样一来她会感到很别扭,我宁愿付出大的代价也不想让她感到别扭。她娘家的墓地在杰弗生,她的亲人都躺在那儿等她,她会感到不耐烦的。我亲口答应过她,我和孩子们一定用骡子能跑的最快速度送她去那儿,好让她静静地安息。"他又在膝盖上蹭手。"再没有比这更让人心烦的了。"

"好像是谁都火急火燎的要把她送到那儿去,"朱厄尔用他那刺耳的、粗声粗气的嗓音说,"卡什整天在她的窗子底下,又是敲又是锯,在做那只——"

"那也是她的意思嘛,"爹说,"你对她一点都不关心,没有一点儿感情。你一向没有。我们不愿欠任何人的情分,"他说,"我和你娘都这样。我们一向不愿意欠谁的情分,她知道了这一点,知道是她的亲骨肉在锯木板钉钉子只会安息得更好些。她一直是个把自己的事料理得一清二楚的人。"

“拉一车货能挣三块钱呢，”我说，“你到底要不要我们拉？”爹又在搓他的膝盖了。“我们明天太阳下山的时候就能回来。”

“这个……”爹说。他朝田野远处望去，头发蓬乱，慢吞吞地嚼动着嘴皮子里的鼻烟。

“快说呀。”朱厄尔说。他走下台阶。弗农干净利落地往尘土里吐了口痰。

“那就太阳下山时候一定回来，”爹说，“我不愿让她多等。”

朱厄尔扭过头来瞥了一眼，接着他往前走绕过了屋角。我走进门厅，还没进房门就听到了说话声。我们的房屋顺着山势稍稍往下倾斜，所以总有一股微风穿过门厅斜斜地往上吹。掉在前门附近的一根羽毛会浮起来挨着天花板斜着往后飘，直到给卷进后门口那股往下走的气流。声音也是这样。你一走进门厅，就仿佛听见有人在你头顶上空说话。

# 科 拉

这真是我见到过的最感人的事了。好像他知道自己再也看不见母亲了，好像安斯·本德仑正在把他从母亲临终的床前赶走，使他今生今世再也看不见她似的。我总是说达尔和别的孩子不一样。我总是说他是他们当中唯一性情像母亲的人，只有他多少有点人的感情。那个朱厄尔可不是这样，虽然她怀朱厄尔的时候最最辛苦，对他最最溺爱最最宝贝，可是他不是发脾气就是生闷气，还想出各种恶作剧来耍弄母亲，到后来连我也看不下去，不得不经常给他一些钉子碰碰。朱厄尔是绝对不会来和母亲告别的。他是绝对不会因为要和母亲吻别而丧失赚三块钱外快的机会的。他才是一个地地道道的本德仑呢，不爱任何人，不关心任何事，除了挖空心思盘算怎样花最小的力气得到一件东西。塔尔先生说达尔求他们再等一会儿。他说达尔几乎要跪下来求他们别在母亲这种情况的时候逼自己离开她。可是怎么说也不行，安斯和朱厄尔非要赚那三块钱不可。但凡知道安斯的人都不指望他能有不同的想法，可是想想那个孩子嘛，那个朱厄尔，他把母亲这么些年来的自我牺牲和不加掩饰的偏爱全都出卖了——他们可骗不了我：塔尔先生说本德仑太太最不喜欢朱厄尔，可是我知道得更清楚。我知道她是偏爱他的，偏爱他身上的那种品质，正是这同一种品质使她容忍了安斯·本德仑,按照塔尔先生的说法,她本该把安斯·本德仑毒死的——为了三块钱,朱厄尔居然放弃在母亲临终时与她吻别的权利。

唉,三个星期以来我一得空就上这边来,甚至不该来的时候也来,把我自己的家和事情都撂在了一边,一心想让她临终时可以有个人在身边,不至于面临大限时没有一张熟悉的面孔看着她支持她。这倒不是说我这个人有什么了不起:轮到我自己这样的时候我也是希望有人来照顾我的。可是上帝保佑看着我的一定得是我自己家里人的脸,我的亲骨肉的脸,因为在这一点上我比大多数人都有福气。我的丈夫和几个孩子都爱我,虽然他们有时候也挺磨人的。

她是个孤独的女人,孤独地怀着傲气活着,还在人前装出日子过得很美满的样子,掩盖着他们全都折磨她的实情。你想嘛,她在棺材里身子还没有变冷,他们就要把她装上大车拉到四十英里之外去埋了,这样做完全是蔑视上帝的旨意。他们居然还不让她和本德仑家的人葬在一起。

"不过那倒是她自己要去的,"塔尔先生说,"和娘家亲人葬在一起是她自己的意思。"

"那她活着的时候为什么不去?"我说,"他们谁也不会拦她的,连那个小儿子也不会,他现在也马上要长大了,又会变得像另外几个一样自私自利、没有感情了。"

"那是她自己的意思,"塔尔先生说,"我听安斯说的。"

"当然了,你是相信安斯的,"我说,"只有你这种男人才会相信他。不过可别指望我也信。"

"有些事儿就算他不说也不可能占到我什么便宜,逢到这种时候我还是相信他的。"塔尔先生说。

"别指望我也信,"我说,"既然是女人,就该死活都和丈夫、孩子守在一起，这是女人的本分。难道你希望我临死时回亚拉巴马州去，把你和丫头们撂在这儿吗？难道我不是发过誓要和你有福同享有难共当，至死不渝[1]的吗？”

“唉，人跟人不一样。”他说。

事情本来也就是这样。我一直按上帝和正常人的标准，堂堂正正地做人，为了我信奉基督教的丈夫的荣誉和安康，也为了我信奉基督教的孩子们的爱和自尊。这样，在我躺下来自知责任已尽、酬谢在望时，环绕我的将是一些充满爱意的脸，我可以把每一个亲人的告别的吻加到我的酬谢里去，而不至于像艾迪·本德仑那样，在孤独中死去，把骄傲与哀伤包藏得严严的。我会欢欢喜喜地去见上帝。像她那样，躺在那里把头支起来看着卡什打棺材，好像不这样他就会偷工减料似的，而那帮男人呢，旁的事全不操心，只惦念着赶紧再赚上三块钱，免得下雨涨水过不了河。要是他们没决定再去拉一车货，很可能他们会用被子一裹，把她扔进大车先运过河，然后让她在那边等死，他们这样对待她还能算是合乎基督教的礼仪吗？

只有达尔跟他们不一样。这真是我所见过最最感人的事了。有时候我会对人性暂时失去信心。我会被怀疑打倒。可是上帝总是重新恢复我的信心，向我显示**他**对生民有着无穷无尽的爱。朱厄尔可不是这样，虽然他一直受到她的疼爱。他只想挣那三块钱外快。只有达尔才跟他们不一样，虽然人们都说他脾气古怪、懒惰、成天东游西逛比安斯强不了多少；卡什嘛，倒是个好木匠，总是在修这盖那忙都忙不过来；朱厄尔呢，总在干什么事儿或是给自己捞钱或是惹得别人说闲话。还有那个几乎是光着身子的姑娘，老站在艾迪身边扇扇子，每逢有人想和艾

---

① 指基督徒在婚礼上面对牧师所作的誓言：“愿与XXX结为夫妻，不论富贵或贫贱，不论健康或有病，都将永远安慰他，照顾他，至死不渝。”

迪说说话儿让她高兴高兴,这姑娘总是抢着替她回答,倒像是存心不让别人挨近她似的。

达尔跟他们不一样。他来到门口站在那儿,看着他奄奄一息的母亲。他只不过是看着她,可是我却重新体会到了主的无穷无尽的爱和他的怜悯。我明白了艾迪对朱厄尔的感情是装出来的,只有跟达尔之间才存在着理解和真正的爱。他仅仅是看着她,甚至都没有走进房间,免得她见到自己难受,他知道安斯正催他快走,这是最后一次看她了。他什么话也没说,仅仅是看着她。

"你要什么,达尔?"杜威·德尔说,手里的扇子没有停,语气急促,连他也不让靠近。他没有回答。他仅仅是站在那里看着只剩一口气的母亲,他心里的话太多了。

# 杜威·德尔

那还是头一回我和莱夫[1]一起并排摘棉花的事儿。爹不可以出汗因为他有病怕送了命，因此大伙儿都来帮我们家干活。朱厄尔是啥都不管的，他跟我们不亲，所以不操心，再说他也不喜欢操心。卡什只知道把一个个漫长、燥热、愁闷、发黄的白天全都用在锯木头钉东西上面。爹认为乡邻之间就应该这样互相帮忙，他一直忙于让别人来帮他干活所以他是发现不了的。我也不认为达尔会发现，他人坐在晚餐桌前，眼睛却越过了饭菜和灯，只看见自己脑袋里在挖掘的地和更远处的那些窟窿。

我们并排摘棉花，离树林和隐秘的树荫深处越来越近，越来越近，我挎着我的棉花口袋莱夫挎着他的，一直往隐秘的树荫深处摘过去。口袋只有一半满的时候我问过自己到底是愿意还是不愿意，我对自己说要是摘到树林那儿我口袋满了那就由不得我了。我说如果老天爷认为我不该干这件事，那么口袋就不会满，我就要转到另一行去摘，不过要是口袋满了，那我也没有办法。那就是说反正我迟早得这么干我自己是做不了主的。我们朝那片隐秘的树荫一路摘过去，两人的眼睛老

① 本德仑家的乡邻，为一青年农民。

是碰在一起瞅瞅他的手又瞅瞅我的手，我啥也没说。我说“你干吗？”，他说“我摘了的都搁在你的口袋里”。因此等我们来到地头，我的口袋也满了，那我还有什么办法呢？

因此，这件事是不能怪我的。后来就那样了，再后来我见到达尔，原来他已经知道了。他没有开口，但是他说他已经知道了，就像他没有开口，却告诉了我娘快不行了一样。我明白他已经知道了，因为要是他开口说他知道，我是不会相信他在场看见我们的。可是他说他已经知道了，我就说："你打算告诉爹打算杀死他吗？"我没有开口但是跟他说了，他就说"何必呢？"也没有开口。因此，我是可以心中豁亮也可以恨得牙痒痒地和他交谈的，因为他肚子里是一清二楚的。

他站在门口，看着娘。

"你要干吗？"我说。

"她快不行了。"他说[1]。这时老兀鹰塔尔正走过来瞧她死了没有，不过我可以哄骗他们的。

"她什么时候会死？"我说。

"我们回来之前。"他说。

"那你为什么把朱厄尔带走？"我说。

"我要让他帮我装车。"他说。

---

① 这里和下面的"说"也都是不开口的。

# 塔　尔

安斯老是不断地揉搓他的膝盖。他的工裤褪了色,一个膝盖上打的哔叽补丁是从星期天穿的好裤子上剪下来的,已经磨得像铁板一样光滑了。“再没有人比我更讨厌这件事了。”他说。

“人应该有点远虑,”我说,“不过,不管情况怎样,任何一种做法都不会有什么害处。”

“按她的心意是现在就该动身的,”他说,“就算再顺利杰弗生也是够远的。”

“不过现在路很好。”我说。再说,今天晚上肯定要下雨。还有,他自己的亲人都是葬在纽霍普[①]的,离这儿还不到三英里。不过他就是这样的一个人,娶的女人生的地方连骑马也要足足走上一天,而她又偏偏死在他的前头。

他朝田野远处看去,一边揉搓他的膝盖。“再没有人比我更感到糟心的了。”他说。

“他们能赶回来的,时间有的是,”我说,“要是我,我是一点也不担心的。”

---

① 字面的意思为:新希望。

“那是三块钱的一笔买卖呢。”他说。

“说不定根本没必要让他们匆匆忙忙赶回来,根本没必要,”我说,“我希望没有必要。”

“她快去了,”他说,“她已经拿定主意了。”

实话实说,对于女人来说,我们这种生活是很苦的。至少对某些女人来说是这样。我记得我妈足足活了七十多岁。每天都干活,雨天也好晴天也好,自打生了最后一个小子之后就没躺下来生过一天病,直到有一天她挺古怪地朝四周瞧了瞧,又特地去把她那件在箱底压了四十五年的镶花边的睡袍拿出来,穿在身上。她躺到床上拉好罩单又闭上了眼睛。“你们大家要尽心照顾好爹哟,”她说,“我可累了。”

安斯在膝盖上蹭他那两只手。“赏赐的是耶和华①。”他说。我们可以听见卡什在屋角那边敲打、拉锯的声音。

这话不假。人说的话里没有比这一句更加正确的了。“赏赐的是耶和华。”我说。

那个小儿子走上山坡。他提着一条几乎跟他一般高的鱼。他把鱼扔到地上,哼了一声,又像大男人那样扭过头去啐了一口痰。那条鱼简直跟他一般高。

“那是什么?”我说,“是口猪吗?你打哪儿弄来的?”

“从桥那边。”他说。他把鱼翻了过来,底下湿的地方已经沾满了土,眼睛上也蒙了土,它在尘土里弯起了身子。

“你就打算让它躺在这儿吗?”安斯说。

---

① 这是新教徒自我譬解与安慰死者亲人常说的话。没有说出来的下半句是“收取的也是耶和华”。典出《圣经·旧约·约伯记》。约伯得知他的佣仆、牲畜和儿女都被毁时,他“撕裂外袍,剃了头,伏在地上下拜,说:‘我赤身出于母胎,也必赤身归回。赏赐的是耶和华,收取的也是耶和华。耶和华的名是应当称颂的。’”

"我要拿去给娘看看。"瓦达曼说。他朝门口看去。我们可以听到说话声随着穿堂风飘了过来,还有卡什敲打木板的声音。"屋子里有人。"他说。

"就光是我们家的人,"我说,"他们见到鱼也会高兴的。"

他不说话,光是瞧着门口。接着他又低下头去看躺在尘土里的鱼。他用脚把它翻过来,用脚趾去戳鱼眼眶,想把眼珠子抠出来。安斯在对着田野远处傻看。瓦达曼看看安斯的脸,又看看门。他转过身,朝屋子拐角走去,这时安斯头没有扭叫住了他。

"你去把鱼洗干净。"安斯说。

瓦达曼停住了步子。"干吗不让杜威·德尔去洗?"他说。

"你去把鱼洗了。"安斯说。

"唉,爹。"瓦达曼说。

"你去洗。"安斯说。他连头都没有扭。瓦达曼走回来提起了鱼。鱼从他手里滑出来,溅了他一身湿泥,啪哒一声掉到地上,又沾了一身土,它张大嘴鼓起了眼珠,往泥土里躲,好像它对自己快死了感到惭愧,急于要重新躲藏起来似的。瓦达曼对鱼咒骂了一声。他骂得蛮像个大男人,叉开了腿跨在鱼的上方,安斯仍然没有把头扭过来。瓦达曼重新把鱼提起来。他绕到屋子那头去,像抱着一堆劈柴那样用双手捧着鱼,鱼头鱼尾都伸出在外面。鱼几乎像他人一样大。

安斯的手腕远远地伸出在两只袖子的外面。我这辈子从未见到他穿过一件合身的衬衫,看起来都像是朱厄尔穿旧了给他的。当然,那不是朱厄尔的。朱厄尔细高挑儿,高得有点伛偻,胳臂倒是很长。唯一不同的是安斯身上没有汗渍。你单凭这一点就可以准确无误地认出这些衬衫不是别人的只能是安斯的。他在朝田野远处望去,两只眼睛毫无神采,好像安在脸上的是燃尽的灰渣。

阴影伸展到台阶上了，他说："五点了。"

我刚站起身，科拉也正好从门口走出来，说时间差不多，该走了。安斯伸出脚去穿鞋。"行了，本德仑先生，"科拉说，"你不用起来了。"他穿上鞋子，往里顿了顿脚，就跟他干任何事情一样，好像总是希望自己做不成，最好是别使劲再继续做了。我们走进门厅时可以听见那两只鞋子在地板上发出橐橐的声音，仿佛是铁铸的。他来到她所在的房间的门口，眨巴着眼，茫茫然地朝前看，其实什么也没看见，好像他希望看到她没准起来了，坐在一把椅子里，或者是正在扫地。他朝门里望进去时带着一种吃惊的神情，好像是发现她居然和平时一样，还躺在床上，而杜威·德尔也仍然在用扇子替她扇凉。他站在那里，像是再也不想动了，再也不想做什么事了。

"嗯，我想我们该走了，"科拉说，"我还得喂鸡呢。"看来天又快要下雨了。像那样的云是不会骗人的，地里的棉花让人提心吊胆，好像每一天都是上帝恩赐似的。不过对他来说又是另外一回事。卡什仍然在修整那些木板。"倘若有什么事要我们帮忙……"科拉说。

"安斯会告诉我们的。"我说。

安斯没有看我们。他朝四面张望，眨巴着眼睛，有点吃惊的样子，似乎他老是吃惊，都有点麻木了，因此又为这一点而吃惊了。要是卡什给我盖谷仓时有那么尽心就好了。

"我跟安斯说了，大概不会有什么事的，"我说，"我真希望这样。"

"她主意已经定了，"他说，"我想她是非走不可的了。"

"每一个人迟早都要走这一步的，"科拉说，"让主安慰你吧。"

"至于玉米的事……"我说。我又一次告诉他，艾迪病了，家里乱糟糟的，要是他人手紧，我会帮忙的。就跟许多乡亲一样，我帮忙帮到今天，再想不帮也不行了。

“我本来想今天干的，”他说，“可是我做什么事都像是安不下心来。”

“没准她可以拖到你把中耕忙完呢。”我说。

“看主的旨意吧。”他说。

“让主来安慰你吧。”科拉说。

要是卡什给我盖谷仓时有那么尽心就好了。我们走过时他抬起头来看了一眼。“看来这个星期没法上你那儿去了。”他说。

“不着急，”我说，“等你有空了再说。”

我们上了大车。科拉把蛋糕盒放在膝盖上。天准会下雨，肯定会。

“我不知道他会怎么样，”科拉说，“真不知道他会怎样。”

“可怜的安斯，”我说，“她督促他干活都超过三十年了。我想她也累了。”

“我原以为她会在他后面再督促个三十年的呢，”凯特说，“也许没有了她，摘棉花以前他就会另找一个的。”

“我想卡什和达尔现在可以结婚了。”尤拉说。

“那个可怜的孩子，”科拉说，“那个可怜的小淘气包。”

“朱厄尔怎么样？”凯特说。

“他也可以结婚了。”尤拉说。

“嗬，”凯特说，“我想他也是要结婚的。我琢磨他要的。我估计这一带不止一个姑娘不愿看见朱厄尔被拴住。其实，她们的操心都是多余的。”

“你胡说什么呀，凯特！”科拉说。大车开始发出咯吱咯吱的声音。“那个可怜的小淘气包。”

今天晚上肯定要下雨。这是准保没错的。天气太干燥了，大车都发出了咯吱咯吱的声音，即使是一辆伯赛尔[1]打的大车。不过天一变就会好的。肯定会好的。

“她既然说了就应该把那些蛋糕买走。”凯特说。

① “伯赛尔”想必系当地一家打大车的老字号。

# 安 斯

这条路真是糟透了。再说,天肯定要下雨。我站在这里可以看得清清楚楚,就跟有千里眼似的,我能看见天暗下来像一堵墙似的拦在他们后面,拦在了他们和我的诺言之间。我已经尽力而为了,就像我做任何事情一样,不过这些孩子也太倒霉了。

路躺在那儿,一直通到我的门口,大大小小的厄运但凡经过都不会找不到门的。我跟艾迪说过,住在路边紧挨在路跟前是一点好运也交不着的,她就说了,全是妇道人家的看法:"那你站起身来搬家好了。"我只好再告诉她这跟运气没有关系,因为上帝造路就是让人走动的:不然**他**干吗让路平躺在地上呢。当**他**造一直在动的东西的时候,**他**就把它们造成平躺的,就像路啦,马啦,大车啦,都是这样;可是当**他**造待着不动的东西时,**他**就让它们成为竖直的,树啦,人啦,就是这样的。因此,**他**是从来也没打算让人住在路边的。因为,到底是哪样东西先来到这里呢,我说,是路呢还是房子呢?你几时听说过**他**把一条路放在一幢房子边上的呢?我说。不,你从来没有听说过,我说,因为一般的情况总是人非要把房子盖在人人驾车经过都能把痰吐到自己门口的地方,才觉得安生,人老是不得安宁,老是颠颠儿的要上什么地方去,其实**他**的本意是让人像一棵树或是一株玉米那样待着。因为倘若**他**打算让人老是走来走去上别的地方去，**他**不会让他们肚子贴在地上像条蛇那样躺平吗？按理说**他**是可以那样做的。

可现在呢，路却铺到我的家门口，什么晦气的事儿都能找上门来不说，另外还要向我抽各种各样的税[①]。卡什不知打哪儿得来要学木匠手艺的馊主意，非要我给他出学费，倘若没有这条路通到这儿，他才想不起来这档子事呢，结果又从教堂上摔了下来，整整六个月干不了一点儿活儿，让我和艾迪当奴隶服侍他，在这段时间里，倘若他拿得动锯子，附近一带木匠活儿有的是。

还有达尔的事儿呢。老在我跟前撺掇要我把他撵出去，那些王八蛋。倒不是我怕干活，我总是能养活自己养活一家儿口，还让他们头上有个屋顶可以遮风挡雨的。那是他们想让我人手不够，因为达尔只顾自己的事情，任何时候眼睛里只有那一块地。我对他们说，他起先挺正常的，尽管眼睛里只看见一块地，因为当时地是竖立着的；后来有了这条路，就把地扭得变成平躺的了，那时候他的眼睛里仍然只看见一块地，他们就开始威胁要我撵他走，想用法令[②]来使得我人手不够。

还让我为这个破财。她本来好好儿的，结结实实，比哪个女人都不差，也就是因为有了那条路的关系，无缘无故地躺倒了，睡在自己那张床上，什么东西都不要。“你是病了吗，艾迪？”我说。

“我没有病。”她说。

“那你就躺着好好休息吧，”我说，“我知道你没有病。你只不过是累了。你就躺着好好休息吧。”

“我没有生病，”她说，“我会起来的。”

“躺着不要动，休息休息，”我说，“你只不过是累了。明天你就能起

① 例如，修路税。
② 指征兵法令。

来了。”可她就那么躺下了，好好儿的，结结实实，比哪一个女人都不差，全都是因为有了那条路的关系。

“我可从来也没有请你来啊，”我说，“你得给我证明说我从来也没有请你来。”

“我知道你没有，”皮保迪[①]说，“我证明就是了。她在哪儿？”

“她躺着呢，”我说，“她只不过是有点儿累，可是她会——”

“你出去一下，安斯，”他说，“到门廊上去坐一会儿。”

现在我非得付给他诊费不可了，可我自己呢，嘴巴里连一颗牙都没有，老盼着家业兴旺起来可以有钱给自己配一副假牙，吃起上帝赐给的粮食时也像个人样，再说直到那天之前，她不是好好的挺硬朗的吗，比地方上任何一个女人也不差呀。为了赚到那三块钱也得付出代价。让两个孩子出门上路去赚到它也是要付出代价的。我现在就像有千里眼，清清楚楚地看到有道雨帘隔在我和那两个孩子之间，这雨混账王八蛋似的从路上刮过来，好像世界之大它就没有另一幢房屋要浇淋似的。

我听说过人们自叹命不好，那也是罪有应得，因为他们本来就是罪人。我倒不认为我遭了天谴，因为我没有做过什么该遭天谴的坏事。我不算很虔诚，这我也承认。可是我是问心无愧的：这我是清清楚楚的。我的所作所为和那些伪善的人相比，也许好不了多少，但是也坏不到哪里去，我知道**天老爷**[②]既然都不让一只麻雀掉在地上[③]，就不会不照顾我。可是像我这样一个穷愁潦倒的人还要这样受一条路的欺侮，那未免太过分了。

---

① 当地的一个医生，在福克纳多部作品里出现。

② 比处原文为“Hat Old Master”，故不宜译为“主”（Lord）或“上帝”（God）。

③ 《圣经·新约·马太福音》第10章第29节：“两个麻雀不是卖一个大钱么。但你们的父若不许可一只也不会掉在地上。”

瓦达曼绕过屋角走过来,膝盖往下血淋淋的,脏得像口猪,他准是用斧子砍那条鱼了,说不定就扔在地上喂野狗了。哼,我看不用对他有什么指望了,他比那几个长大的哥哥好不到哪里去。他走过来,瞧着那幢房子,一声不吭,坐定在台阶上。“嗬,”他说,“我真的累坏了。”

“去把那两只手洗洗干净。”我说。天下再没有别的女人像艾迪那样费神把孩子们拾掇干净的了,大小伙子也好,小男孩也好,她都盯得紧紧的:这方面我得给她说句公道话。

“那条鱼的血和下水多得像口猪。”他说。可是我懒得去管那么多事,这鬼天气使得我一点劲儿都没有。“爹,”他说,“娘是不是病得更厉害了?”

“去把那两只手洗干净。”我说。可是我真懒得去管这些啰唆事。

# 达 尔

这个星期他到镇上去过了:瞧他脖子后面剃得有多短,在发根和晒黑的部分之间有一条白道,仿佛是白骨的接缝。他一次也没回头看过。

“朱厄尔。”我说。路朝后退去,在骡子两对急急颠动的长耳朵之间很像一条隧道,消失在大车肚子底下。路像一根丝带,而大车的前轴则有如一只滚轴。“她快要死了,你知道吗,朱厄尔?”

得有两个人才能使你生出来,要死一个人独自去死就行了。这也就是世界走向毁灭的情景吧。

我对杜威·德尔说过:“你盼她死,这样你就可以进城了,对不对?”她不愿意说我们俩心里都很清楚的事。“你之所以不愿说,那是因为一旦说了,即使是对你自己说,你就会知道那是真的了,对不对?可是你现在知道这是真的了。我几乎可以说得出是哪一天,你自己知道那是真的。你为什么不愿意说呢,哪怕就对你自己?”她不愿意说。她仅仅是不断地说你会告诉爹吗?你会杀死他吗?“你无法相信这是真的,因为你无法相信你杜威·德尔,杜威·德尔·本德仑,居然会这么倒霉,对不对?”

太阳斜斜的,再过一个钟点就要没入地平线了,它像一只血红的蛋似的栖息在一堆雷雨云团上。阳光已经变成古铜色的了:眼睛里看到的是不祥之兆,鼻子里闻到的是带硫黄味的闪电气息。等皮保迪来了他们只好用绳子了。他生菜吃得太多,肚子里胀满了气。用绳子他们可以把他从小路上吊上来,像只气球似的飘在有硫黄味的空气中。

"朱厄尔,"我说,"你可知道艾迪·本德仑快要死了吗?艾迪·本德仑快要死了,你知道吗?"

# 皮保迪

当安斯终于主动派人来请我去时,我说:“他折磨她总算到头了。”我还说这是件大好事,起先我还不愿意去呢,因为说不定我还可以有点办法,没准得把她拉回人世间呢,天哪。我寻思天国的道德观说不定和医学院的一样,也是愚不可及的。我琢磨没准又是弗农·塔尔派人来请我的,他让我到节骨眼上才去,这个弗农·塔尔,做事一贯如此,让安斯一个钱掰成两半花,他花自己钱时也是这样的。可是天色越来越晚,让我清清楚楚看出来天要变,这时,我就明白只能是安斯,不可能是旁人来请的。我知道大旋风临头还请医生,那样的事只能是一个倒霉透了的人才干得出来的。我也知道等安斯终于想到要请医生时,那已经为时太晚了。

等我来到泉边下车把马拴好,太阳已经落到一排乌云后面去了,那乌云像一行上下颠倒的山脉,仿佛有人在云堆后面倒了一车未燃尽的煤渣,空气里没有一丝风。我在一英里之外就能听到卡什在锯木头了。安斯站在小路尽头的断崖顶上。

“马呢?”我说。

“朱厄尔带走了,”他说,“反正旁人谁也逮不住它。我看你只好自己走上来了。”

“我，二百五十磅的体重，要我自己走上来？”我说，“要我爬那堵该死的绝壁？”他站在一棵树的旁边。糟糕的是，上帝犯了错误，让树木有根却让安斯·本德仑一家有腿脚。只要他让他们倒换一下，这个国家也好，任何别的国家也好，就不用担心有一天树木会被砍伐殆尽了。“那你打算让我怎么办呢？”我说，“傻待在这儿等雷雨下来把我卷到邻县去？”即使是骑马，那也得让我用十五分钟才能穿过草坡爬上山梁去到屋子跟前。那条小路像不知打哪儿飞来的一条断胳膊，弯弯曲曲地依傍在断崖底下。安斯都有十二年没进城了。不知道他老娘当初是怎么爬上山去怀上他的，真是有其母必有其子。

“瓦达曼去拿绳子了。”他说。

过了一会儿瓦达曼拿了根犁绳出现了。他把绳子的一头交给安斯，自己一边放开绳圈一边走下小路。

“你可要拽住了，”我说，“我已经把这次出诊记在账本上了，所以不管我上得来上不来都一样要收费的。”

“我拽紧了，”安斯说，“你只管放心上来吧。”

我也不明白自己干吗不打道回府。七十好几的人了，体重两百多磅，还让人用一根绳子拉上去吊下来。我想准是为了在自己账簿里凑满五万元的死账[①]才肯罢休吧。“你太太搞的是什么名堂，”我说，“怎么偏偏在这个穷山头上生病？”

“真对不起。”他说。他放松绳子，让它出溜下来，转过身子朝屋子走去。山顶上还有一些天光，是硫黄火柴那种颜色。那些木板也像一根一根硫黄。卡什没有回过头来。弗农·塔尔说他把每一块木板都拿到窗前给她看让她说行不行。那小男孩赶上了我们。安斯扭过头去看

① 意思是皮保迪经常收不到诊费，他的账本上近五万元的收入仅仅是一纸空文。

看他。“绳子呢？”他说。

“就在刚才你扔下的地方，”我说，“不过先别管绳子了，反正一会儿我还要从断崖那里吊下去的。我不想在这儿遇上暴风雨。要是我给风卷走，不定会卷到多远的地方去呢。”

那个姑娘站在床前，给她扇扇子。我们走进房间时她回过头来看看我们。这十天来她就跟死去了一样。我想她的生活成为安斯的一部分已经太久，现在要想改变也不行了，如果说死也算是一种改变的话。我记得年轻时我相信死亡是一种肉体现象；现在我知道它仅仅是一种精神作用——是痛失亲人者的精神作用。虚无主义者说死亡是终结；原教旨主义者则说那是开始；实际上它不过是一个房客或者一个家庭从公寓或是一个城镇搬出去而已。

她看着我们，只有两只眼睛好像在动。眼睛不像用目光或感觉来接触我们，而是像橡皮管子里喷出来的水，接触的一刹那水仿佛与管子口完全无关，仿佛根本没在管子里待过似的。她完全不看安斯。她看看我，然后又看看那小男孩。被子底下，她身子还不如一捆枯柴枝大呢。

“啊，艾迪小姐。”我说。那姑娘没有停止扇扇。“你好吗，大姐？”我说。她那张靠在枕头上的脸憔悴得很，只顾望着男孩。“你可挑了个好时候让我来呀，暴风雨就紧跟在后头呢。”接着我让安斯和男孩出去。孩子出去时她一直看着他。她全身除了眼睛之外旁的地方一动都不动。

我出来的时候，男孩和安斯在门廊上，孩子坐在台阶上，安斯站在一根柱子旁，他甚至都没有靠在上面，两条胳膊垂在身旁，头发翘了起来，缠结在一起，像只洗过药浴的鸡。他扭过头来，朝我眨巴眼睛。

“你怎么早不叫我来？”我说。

“都是因为事情一桩接着一桩，”他说，“那些玉米我和孩子们得加紧侍弄，杜威·德尔把她照顾得挺好的，乡亲们都来了，主动提出帮我干这干那，所以我想……”

“先别管钱的事，”我说，“你什么时候听说我因为一个人一时凑不起钱就难为他了？”

“倒不是因为舍不得钱，”他说，“我只不过老在这么盘算……她反正是要去的，不是吗？”那个小淘气包坐在最高一级台阶上，在硫黄色的光线下显得比任何时候都瘦小。我们这个地方就是有这个毛病：所有的一切，气候以及别的一切，都拖延得太长了。就跟我们的河流、我们的土地一样：浑浊、缓慢、狂暴；所形成与创造出来的人的生命也是同样地难以满足和闷闷不乐。“我很清楚，”安斯说，“我越来越清楚了。她的主意已经拿定了。”

“早就该这样了，”我说，“有一个没出息的——”他坐在最高一级台阶上，瘦瘦小小的，穿着褪色的工裤，一动也不动。我走出来时他看看我，又看看安斯。现在他不看我们了。他就那样坐着。

“你跟她说了吗？”安斯说。

“干吗要说？”我说，“我干吗要费这份心思去说？”

“她自己会知道的。这我很清楚，她一见到你就知道了，就跟白纸黑字写的一样。你都用不着告诉她。她的脑子——

那姑娘在我们背后叫了：“爹。”我看看她，看看她的脸。

“你最好快点去。”我说。

我们走进房间的时候她正看着门。她瞅瞅我。她的眼光有如燃油将枯时闪烁的残灯。“她要你走开。”那姑娘说。

“唉，艾迪，”安斯说，“他大老远地从杰弗生赶来给你治病，你倒……？”她看着我。我能感觉出她的眼光的意思。好像她用眼光在推我。我在别的女人那里看到过这种眼光。看到过她们把怀着同情与怜悯真心来帮助的人从房间里赶出去，却厮守着那些没有出息的畜生，可是在他们的眼里，她们无非是做苦工的牛和马而已。这就是人们所说的超过人能了解的爱[①]吧。那是一种自尊心，一种想掩盖那种悲惨的裸露状态的狂热欲望，我们就是赤身来到这个世界的，也是赤身进入手术间的，又是固执、狂热地赤身回进土地的。我离开了房间。门廊下面，卡什的锯子发出鼾声一点点往木板里锯进去。过了一会儿，那姑娘在叫他的名字了，她的声音很刺耳很响。

"卡什，"她说，"叫你呢，卡什！"

---

① 《圣经·新约·腓立比书》第4章第7节："上帝所赐超过人能了解的平安，必在基督耶稣里，保守你们的心思意念。"

# 达　尔[1]

爹站在床边。瓦达曼从他的大腿后面窥探，露出圆圆的头、圆圆的眼睛，他的嘴开始张大。她看着爹，正在枯竭的生命力仿佛都残留在两只眼睛里，它们急煎煎的，又是无可奈何的。“她想见的是朱厄尔。”杜威·德尔说。

“噢，艾迪，”爹说，“他和达尔再去拉一次货。他们觉得还有时间。他们认为你会等他们的，为了挣三块钱还有……”他伛身下去，把手放在她的手上。有好一会儿她还是望着他，没有责备，也不带任何表情，好像只有两只眼睛在倾听他那已戛然中止的声音。接着她支撑着要坐起来，她已经有十天躺着没有动了。杜威·德尔弯下身子，想让她躺回去。

“妈，”她说，“妈。”

她正在朝窗子外面张望，看着卡什在将逝的天光下一直弯低了身子在锯木板，他对着暮色干活，逐渐没入了暮色，好像拉锯这个动作自会发光，木板和锯子都是有能量似的。

---

① 达尔这时已和朱厄尔离家去运货了，按理他不可能看见母亲去世的情景。但是在福克纳笔下却不是这样。

“你，卡什，”那姑娘嚷道，她的声音是刺耳、响亮、没有病态的，“叫你呢，卡什！”

他抬起头来，看着暝色中给框在窗户里的那张憔悴的脸庞。这是他从小就一直在看的任何时候都在的一张组合画。他放下锯子，把木板举起来给她看，自己则看着窗户，窗户里的那张脸一动也不动。他把第二块板子拉过来，把两块斜斜地拼在一起，再用空着的那只手比画着，显示出棺材最后做成时的形状。又有好一会儿，她从那幅组合画里朝他俯视，既不责难也没有表扬。接着，这张脸消失了。

她躺回去，转过头，连瞥都没有瞥爹一眼。她望着瓦达曼；她的眼睛，那里面的生命力，突然都涌进眼光里来；两朵火焰定定地燃烧了一小会儿。然后又熄灭了，仿佛有谁弯下身去把它们吹灭似的。

“妈，”杜威·德尔说，“妈！”她身子伛在床前，双手微微抬起，扇子仍然在动，就跟十天以来一样，她开始恸哭起来了。她的声音年轻有力，发颤又很清晰，很有点为自己的音色与音量不错而感到得意，那把扇子仍然在上下不停地挥动着，使无用的空气发出了嘘嘘的耳语。接着她扑在艾迪·本德仑的膝盖上，抱紧她，使出年轻人的力气拼命地摇晃她，然后突然整个身子压在艾迪·本德仑留下的那把老骨头上，晃动了整张床使床垫子里的玉米衣沙沙直响，她胳臂张开，一只手里的扇子仍然把越来越弱的风扇到被子里去。

瓦达曼躲在爹的屁股后面，朝外窥探，他的嘴张得老大老大，所有的颜色都从他脸上褪尽，跑到了他的嘴里，仿佛他不知怎的想出法子咬进自己的脸，把血都吸了出来。他开始慢慢地从床边朝后退，眼睛圆睁，发白的脸逐渐消融在昏暗当中，犹如一张纸贴到一面摇摇欲坠的墙上，就这样他踅出了房门。

在暮色中，爹伛身在床的上方，他那弓着的身影带有猫头鹰那种羽毛蓬乱、内心愠怒的意味,那里隐伏着一种智慧,过于深刻或是过于不活跃,甚至于不能算是思想。

“那两个倒霉的孩子。”他说。

朱厄尔,我说。在我们头顶上,白天平稳、灰蒙蒙地向后滑动,投去一束灰色矛枪般的云彩遮住了夕阳。在雨底下两只骡子微微冒出汗气,给泥浆溅了一身黄,外侧给滑溜的绳索牵着的那头骡子紧挨路沿,下面就是水沟。倾斜的木料闪烁出闷闷的黄颜色,被水泡透了,像铅一样重,在破旧的车轮上倾斜着,和水沟形成一个锐角;在破损的轮辐和朱厄尔的脚踝周围一股黄色细流——既不是土也不是水——在打着旋,扭扭曲曲地流经黄色的路——那既不是土也不是水,朝山下流去汇入一股墨绿色的洪流——那既不是地也不是天。朱厄尔,我说

卡什带着锯子来到门口。爹站在床边,伛着背,手臂悬晃着。他转过头去,侧影畏畏缩缩的,在他转动贴着牙龈的鼻烟时他的脸颊陷瘪了进去。

“她去了。”卡什说。

“她给接走了,离开我们了。”爹说。卡什没有去瞧他。“你还有多少活儿没做完?”爹说。卡什没有回答。他走了进来,带着锯子。“我看你最好快点把它做好,”爹说,“你只好尽量加紧干了,那两个孩子又走远了。”卡什垂下眼光端详她的脸。他根本没在听爹说话。他也没有走近那张床。他停在地板中央,锯子靠着他的腿,出汗的手臂上薄薄地蒙着一层木屑,脸上神色镇定。“要是你有困难,说不定明天会有人来,可以帮你忙,”爹说,“弗农可以帮忙。”卡什没在听。他低头看着她那安详、僵硬的脸正在融入晦冥之中,仿佛黑暗是最终入土的先兆,直到那张脸像是脱离黑暗浮了起来,轻得像一片枯叶的倒影。“都是基督徒,会帮你忙的。”爹说。卡什根本没在听。过了一会儿他转过身子没有看

爹就离开了房间。接着锯子又打鼾似的响了起来。“在我们忧伤的时刻,他们会帮忙的。”爹说。

锯子的声音是平稳、充实、不紧不慢的,搅动了残余的天光,因此每拉一下,她的脸就苏醒过来一点,露出了在倾听在等待的神情,仿佛是在数拉锯的次数。爹低下头去看着她的脸,看着杜威·德尔披散的黑发、张开的胳臂和捏紧在手里的扇子,如今这扇子在越来越看不清的被子上已经一动不动了。“我看你还是去做晚饭吧。”他说。

杜威·德尔没有动。

“这就起来,去准备晚饭吧,”爹说,“咱们必须得保持体力呀。我想皮保迪大夫准是饿坏了,这么大老远地赶来。卡什也得赶紧吃点东西,好再去干活快点把寿材做完。”

杜威·德尔爬起来,让自己站起在地上。她低下头去看那张脸。它在枕头上像是绿锈逐渐增多的铜铸遗容,只有一双手还有点儿生气:那是一件蜷曲的、多节的静物,具有一种已精疲力竭然而还随时准备东山再起的品性,疲惫、颓衰、操劳尚未远离,仿佛这双手还在怀疑安息莫非果真来临,正对这中止状态保持着支棱着犄角的、小心翼翼的警惕,认定这种中止不会久长。

杜威·德尔伛下身去,把被子从这双手底下轻轻地抽出来,把被子拉直盖到下巴底下,又把它抚平,抻挺。接着她没有看爹一眼就绕过床角走出了房间。

她准会出去走到皮保迪大夫那里,站在微光下用那样一种神情看他的背影,他感觉到了,转过身来,他会说:我如今不会因为这样的事而感到伤心了。她老了,又多病。受的罪是我们想象不到的。她是好不了的。瓦达曼也快长大了,又有你细心照料一家人。我尽量不让自己难受就是了。我看你还是去做晚饭吧。倒不必准备很多。可是他们还是多少得吃一点的。而她则看着他，心里说，你只要愿意真可以帮我的大忙啊。要是你知道就好了。我是我可你是你我知道这事儿你却不知道你只要愿意可以帮我多大的忙啊要是你愿意要是你愿意那我就可以告诉你这样一来旁人就不会知道了只除了你和我还有达尔

爹伛身站在床边，手臂悬垂，弓着背，一动不动。他把一只手举到头上掠掠头发，一边听着锯子的声音。他再往前挪了挪，在大腿上磨蹭他的手，包括手心和手背，又伸出手去摩摩她的脸，摩摩被子鼓出来她放手的地方。他学杜威·德尔的样去拉被子，想把它弄平并且一直拉到下巴底下，却反而把它弄乱了。他再次笨手笨脚地去拉，他的手笨得像鸟爪，想抚平自己弄出来的皱褶，可是皱褶偏偏不断地在他手底下到处出现，因此最后他只好放弃，两只手又垂回到身边，在大腿上蹭磨，手心蹭完了又蹭手背。锯子的鼾声不停地传进房间。爹呼吸时发出一种安详的、刺耳的声音，他用嘴在牙龈前努动那团鼻烟。“上帝的意旨要实现了，”他说，“现在我可以装牙齿了。”

朱厄尔的帽子耷拉在脖子上，把水都引导到他系在肩膀处的那只口袋上，他脚踝都浸没在流淌着水的阴沟里，他正在用一根滑溜溜的二英寸厚四英寸宽的木板撬动轮轴，他在地上垫了一块破木头作支点。朱厄尔，我说，她死了，朱厄尔。艾迪·本德仑死了。

# 瓦达曼

于是我开始奔跑。我朝屋后跑去,来到廊沿停住了脚步。接着我哭起来了。我能感觉出鱼方才在哪一摊沙土里。它给宰割得支离破碎,已经不像是鱼了,我手上和工裤上的印迹也已经不是血了。方才可不是这样的。方才还没有出那样的事。现在她①已经往前走了很远我都撵不上她了。

那些树看起来像一只只大热天竖耸起羽毛躲到凉沙土里去的鸡。如果我从廊子上跳下去,那就会跳到方才鱼在的地方,它现在已经给剁割得不像鱼了。我可以听见那张床还有她的脸还有大伙儿的声音,我能感觉出地板在震动,那是他走在那上面,他走进来干了那件事。走进来干了那件事,她本来还好好的可是他走进来干了那件事。

"这个胖杂种。"

我跳下门廊,往前奔跑。谷仓的屋顶在暮色中朝我扑来。要是我跳得高高的我可以像马戏团里那个穿粉红衣服的姑娘那样穿过屋顶,落进暖烘烘的气味里去,也不用等待了。我两只手抓住灌木丛,我脚底下的石子土块在纷纷往下塌陷。

---

① 应指其母亲。

只有进到暖烘烘的气味里面，我才能呼吸。我走进马厩，想摸摸它，只有这样我才能哭，才能呕吐一样地痛痛快快地哭出声来。只有在它蹴完踢完之后我才哭，我才能哭，那哭声才能出得来。

“他把她杀死了。他把她杀死了。”

它的活力在皮肤底下奔跑，在我手底下奔跑，在斑痕底下奔跑，它的气味直向上升，冲进了我的鼻子，在那里一种不对头的东西开始响动，把我的哭声喷了出来，这以后我的呼吸松快多了，因为哭声喷出来了。这声音好响好响。我能闻到活力在我双手底下奔跑，一直涌上我的胳臂，这时候我可以离开马厩了。

我找不到那东西。在黑暗里，顺着泥地，顺着墙壁摸过去，我都找不到它。哭声很响很响。我真希望别那么响。这时候我在大车棚里找到它了，它在泥地上，我跑过空地来到路上，那根棍子在我肩膀上一颠一晃。

它们[1]看我跑到跟前，便开始挣扎着朝后退去，它们眼球滚动，鼻子喷响，拉扯着缰绳朝后猛退。我挥棍就打。我可以听到棍子打上去的声音。我可以看见棍子落在它们的头上，落在胸轭上，它们一会儿往后退一会儿往前冲，我有时候也失手打空，但是我觉得很痛快。

“你杀死了我妈！”

棍子断了，它们朝后退，喷响着鼻子，蹄子在地上踢蹬得很响；声音很响，是因为天快要下雨了，空气很虚。不过棍子还是够长的。我跑过来跑过去地打，它们则朝后退去，把缰绳扯得直直的。

“你杀死了我妈！”

我揍它们，使劲儿揍，它们大幅度地转圈子，马车以两只轮子为支

---

① 指皮保迪大夫的马。

点转动，却停留在原地，仿佛是钉在地上似的，两匹马也停留在原地，仿佛那些后腿是钉死在一个转盘的中央似的。

我在尘土里奔跑。我什么也看不见，在下陷的沙土里奔跑，方才两只轮子翘起来的马车不见了。我挥棍，棍子打在地上，反弹起来，打在沙土里又打在空中，路上的沙土下陷得很快，比一辆汽车驶在上面时还快。这时候我看着棍子，觉得自己可以哭了。它都快断到我的手跟前了，比生火的柴爿长不了多少，它原来可是根挺长的棍子。我把它扔掉，现在我可以哭了。这会儿声音没刚才那么大了。

母牛站在谷仓的门里，在反刍。它看见我走进空地时哞哞地叫了起来，它一嘴都是翻动着的青草，舌头在不停地翻动。

“我可不打算给你挤奶。我什么也不打算给他们干了。”

我经过时听到它把身子转了过去。我转过身来，看见它就在我的后面，在喷着香甜、热烘烘、强烈的气息。

“我不是告诉过你不挤了吗？”

它蹭蹭我，鼻子朝里深深地吸了一口气。它腹中深处呻吟了一声，嘴巴闭上了。我猛地把手往里一抽，像朱厄尔那样咒骂它。

“快给我滚开。”

我手朝地上一伸，朝它冲去。它往后一跳，转开几步，停住，朝我看着。它又呻吟了一声。它走到小路那边，站在那儿，朝路的那头看去。

谷仓里黑黝黝的，很暖和，气味很好闻，很静。我望着小山顶，我可以轻轻地哭了。

卡什走上山坡，他曾经从教堂上摔下来，摔坏的地方走起来还有些不利索。他低下头去看看泉水，又抬起头来看看大路，扭过头去朝谷仓那边望望。他直僵僵地沿着小路往前走，看看断了的缰绳和路上的尘土，接着又朝大路前方看去，那儿没有尘土。

“我希望他们这会儿已经过了塔尔的地界。我真的这样希望。”

卡什转过身子,沿着小路一跛一跛地走去。

“他不是东西。我给他厉害看了。他不是东西。”

我现在不哭了。我什么也不是。杜威·德尔走到小山上来叫我。瓦达曼。我什么也不是。我很安静。叫你呢,瓦达曼。我现在可以轻轻地哭了,感觉到也听到自己在流泪。

“那时候它还没有。那时候还没有这件事。它就躺在那边的地上。可现在她准备把它煮了。”

天黑了。我能听到树木的声音,还有寂静:我知道它们。不过这不是活物的声音,甚至也不是它的声音。好像黑暗方才正把它从它的整体里溶解出来,变成一些毫不关联的零散部件——喷鼻声啦、顿脚声啦,逐渐变冷的肉体和带尿臊臭的马毛的气味;还有一种幻觉,认为那是一个由有斑痕的马皮和强壮的筋骨组成的有机整体,而在里面,超然、秘密、熟悉的,是一个与我的存活截然不同的存在。我看见它溶解——四条腿、一只转动的眼球、一处艳俗的像朵朵冷冷的火焰的斑痕——并且浮起在黑暗中褪色的溶液里,所有的部件成为一个整体却又不是任何一种部件,这整体包含任何一个部件却又什么都不是。我只要听见了杂乱的声音,抚摩着它,塑造着它的形象——它的距毛、屁股、肩膀和头,还有气味以及声音,我就能看见它。我并不害怕。

“煮了吃。煮了吃。”

# 杜威·德尔

只要他愿意,他是可以帮我大忙的。他可以帮我解决一切问题。对我来说,世上的一切就像是进入了一只盛满了下水的桶,因此你都弄不懂那里面怎么还有地方容得下别的非常重要的东西。他是一只盛满了下水的大桶,而我却是一只盛满下水的小桶,要是在一只盛满下水的大桶里都没有地方容纳其他重要的东西,那么一只盛满下水的小桶里又怎么会有地方呢。可是我知道空间是有的,因为每当发生了不妙的事情,上帝总是给女人一个信号的。

问题是我是孤零零的。要是我能感觉出它呢,那么事情也就不一样了,那样一来我就不是孤零零的了。可是如果我不是孤零零的,所有的人就都会知道这件事了。再说他是可以帮我大忙的,要是那样的话我也不会感到孤独了。要是那样的话我即使孤独也没有关系了。

那就会让他插在我和莱夫当中,就像达尔曾经插在我们俩当中那样,这样一来莱夫也是孤零零的了。他是莱夫,我是杜威·德尔,在母亲去世时我不得不站到我、莱夫和达尔的立场之外来哀悼,因为他能帮我那么大的忙可是他却不知道。他甚至连知道都不知道。

站在后廊上我看不见谷仓。接着卡什的拉锯声从那边传来了。那声音很像是在屋子外面的一条狗,在屋子四周绕来绕去,伺机要从你走的那一扇门进屋里来。他说我要担忧的事可比你多得多于是我说你根本不知道什么是忧愁,因此我也无法担忧。我想担忧可是我想不深因此无法担忧。

我点亮了厨房的灯。那条鱼,给切割得支离破碎,在煎锅里静静地流血。我快手快脚地把它放进碗橱,一面听门厅里有什么声音,我听着。她拖了十天才死,也许她还不知道大限已到。也许她不等卡什做完不愿撒手归天,或者是在等朱厄尔。我把放生菜的碟子从碗橱里拿出来,又把烤面包的铁盆从凉炉灶里拿出来,这时我停住了手中的动作,瞧着厨房门。

"瓦达曼在哪儿呢?"卡什说。在灯光下他那两只沾满木屑的胳臂很像用沙子堆成的。

"我不知道。我没看见他。"

"皮保迪的牲口跑掉了。你看你能不能找到瓦达曼。马儿倒总是让他挨近的。"

"哦。叫大家来吃晚饭吧。"

我看不见谷仓,我说。我不知道怎样担忧。我不知道怎样恸哭。我试过了,可是哭不出来。过了一会儿拉锯的声音传过来了,在黑暗中沿着土地传过来,那声音也是黑黝黝的。接着我看见他了,在木板地上一脚高一脚低地走过来。

"你来吃晚饭吧,"我说,"也叫他来。"他本来可以帮我解决一切问题的。可是他不知道,他有他的心事,我有我的,而我又是莱夫的心事,事情就是这样。我不知道为什么他不待在城里。我们是乡下人,不如城里人好。我不明白为什么他不待在城里。这时候我可以看见谷仓的屋顶了。母牛站在小路尽头,在哞哞叫。等我转过身来的时候,卡什又走掉了。

我把撇去奶油的牛奶提进屋子。爹、卡什还有他坐在餐桌旁。

“小家伙方才逮到的那条大鱼呢,姑娘?”他说。

我把牛奶朝桌子上一放。“我根本抽不出时间烧。”

“让我这样的大块头光吃萝卜缨子,那可太细气了。”他说。卡什耷拉着头在吃。在他头上,他那顶帽子上的汗渍都印到他头发上了。他衬衫上也布满了一摊汗渍。他连手和胳膊都没洗。

“你应该抽点空把鱼烧好的,”爹说,“瓦达曼在哪儿?”

我朝门口走去。“我找不到他。”

“行了,姑娘,”大夫说,“别管那条鱼了。留着以后吃吧,我看。快来坐下。”

“我倒不是要去烧鱼,”我说,“我是要赶在下雨之前把牛奶挤好。”

爹给自己拨菜,接着把菜盘推给别人。可是他没有开始吃饭。他两只手半围拢在碟子周围,头稍稍低垂,他那头乱发在灯光底下直立着。那样子很像刚给大槌打击过的一头牛,那牛已经没命了,却不明白自己真的已经死了。

不过卡什倒是在吃,大夫也在吃。“你最好多少吃点儿。”他说。他瞧着爹。“就跟卡什和我一样。你需要吃点东西。”

“就是。”爹说。他醒了过来,就像一头跪在水里的牛突然被人惊动一样。“她是不会舍不得让我吃的。”

一走到看不见房子的地方我就加快步子。母牛在断崖底下哼叫着。它用鼻子挨蹭我,嗅我闻我,像一阵热风似的朝我喷来香甜的气息,气息穿透了我的衣裙,碰撞在我热烘烘的肉体上,它还呻吟着。“你得先等一会儿。我马上就来管你。”它跟我走进谷仓,我把桶放在谷仓地上。它对着桶里喷气,一面哼哼。“我跟你说了,你得等一会儿。我活儿太多,忙不过来。”谷仓里黑咕隆咚的。我走过的时候,那匹马[1]朝墙上踢了一脚。我继续往前走。那块被踢破的壁板像是一块直立着的灰白的木板。接着我可以看见山坡了,都能感觉空气重新在我脸上飘动了,动得很慢,灰灰的,没有旁的地方那么黑,雾蒙蒙的什么也看不清楚,松树丛给往上翘的山坡泼上了一团黑墨,阴森森的像是在等待什么。

门里面牛的黑影在挨蹭桶的黑影,发出了哼哼声。

这时候我从厩栏前面经过。我几乎快走过去了。我谛听着它哼哼唧唧地说了很久最后才总算说清楚了那个词儿,我身上倾听着的部分真担心它来不及把话说出来。我只觉得我的身体、我的骨头和皮肉都开始对着孤独在张开,在敞开,可是即将到来的那种不孤独状态是可怕的。莱夫。莱夫。“莱夫”莱夫。莱夫。我稍稍朝前倾倚,一只脚伸了出去却没有继续往前走。我感觉到黑影掠过我的胸口,掠过母牛,我开始朝黑影扑去可是母牛挡住了我,不过黑影却冲上来扑向它那发出呻吟的呼吸,那充满了树木香气和寂静的呼吸。

“瓦达曼。叫你呢,瓦达曼。”

他从畜栏里钻了出来。“你这鬼头鬼脑的东西!你这鬼头鬼脑的臭小子!”

他没有抵抗,迎面扑来的黑影的最后一部分呼啸而过。“怎么啦?我啥也没干呀。”

“你这鬼头鬼脑的臭小子!”我双手狠狠地摇晃他。我这双手没准都停不下来了。我竟然不知道它们能摇晃得这么厉害。摇啊摇啊,把我们两个人都摇得直晃动。

---

① 这里用的“he”,而对母牛则是用“she”。

“我没有干吗，”他说，“我根本没有碰它们。”

我的手停止了摇晃，不过我还是抓住他没松手。“你在这儿干什么？我叫你的时候你为什么不答应？”

“我啥也没干呀。”

“你快回屋子去吃晚饭。”

他往后退缩。我抓住他。“你松手。你别管我。”

“你躲在这儿干什么？你是不是特地来侦察我的？”

“我不是的。我不是的。你快松手。我根本不知道你在这儿。你别管我。”

我抓紧他，伛下身去看他的脸，用我的眼睛去感觉。他快要哭了。“那你快去吧。我晚饭都做好了，我一挤完奶就去。你最好快点去不然他可要把什么都吃光了。我真希望那两匹马是直接跑回杰弗生去的。”

“他杀死了妈。”他说。他哭起来了。

“别瞎说。”

“妈从来没有伤害他可他倒跑来把妈弄死了。”

“别瞎说。”他挣扎了。我揪紧他。“别瞎说。”

“他杀死了妈。”母牛哼哼着来到我们的背后。我再次摇晃他。

“你马上给我停住。现在就停住。你想让自己得病不能进城，是吗？你快给我进屋吃你的晚饭去。”

“我不想吃晚饭。我不要进城。”

“那我们只好把你留在这儿。你要不乖，我们就把你留下。快去，不然的话那个正大嚼菜帮子的老饭桶要把你那份都吃个精光了。”他走了，慢慢地消失在山坡上。山顶、树木、屋顶呈现在天空的前面。母牛挨蹭着我，呻吟着。“你还得等一会儿哟。你奶子里的和我肚子里的一比，就根本算不得一回事了，虽说你也是个雌的。”它跟随着我，呻吟着。

接着那股死气沉沉、热烘烘、白蒙蒙的空气又吹到我脸上来了。只要他肯,他是完全可以把事情弄妥的。可是他连知道都不知道。只要他知道,他是可以替我把一切都弄妥的。母牛朝我屁股和背上喷气,它的呼吸温暖、香甜、带着鼾声,在发出呻吟。天空横躺在山坡上,躺在隐秘的树丛上。山的后面,片状闪电朝上闪光,接着又变暗。死气沉沉的空气在死气沉沉的黑暗中勾勒出死气沉沉的大地的轮廓,而不仅仅是在观望勾勒死气沉沉的大地。这空气死气沉沉的、热烘烘的,压在我的身上,透过我的衣服抚触我赤裸裸的肉体。我说你根本不知道啥叫忧愁呀。我不知道它是什么。我不知道我是在担忧还是不是。不知道我能担忧呢还是不能。我不知道我可不可以哭。我不知道我到底试过了呢还是没有。我感觉到我像一颗潮湿的种子,待在热烘烘的闷死人的土地里,很不安分。

# 瓦达曼

等他们做完那件东西他们就要把她放进去了，到那时我就会久久都说不出那句话了。我看见黑暗升起，并且打着旋飞走，于是我说："你是打算把她钉死在那里面吗？卡什？卡什？卡什？"我给关在谷仓的小隔间里新打的门很沉我推不动它砰地关上了我没法呼吸因为耗子正在把所有的空气都吸光。我说："你真的要把它钉死吗，卡什？钉死不钉死？钉死吗？"

爹走过来走过去。他的影子也走来走去，罩在卡什身上，在锯子上掠过来掠过去，又罩在流血的木板上。

杜威·德尔说我们可以弄一点香蕉来。火车[①]在橱窗玻璃后面，红颜色的，停在铁轨上。火车走的时候铁轨一亮一暗。爹说面粉、白糖和咖啡太贵了。因为我是个乡下孩子，因为城里有的是孩子。自行车。为什么是一个乡下孩子面粉、白糖和咖啡就这么贵呢。"你改吃香蕉不行吗？"香蕉没有了，吃掉了。没有了。火车走的时候铁轨一亮一暗。"为什么我不是一个城里孩子呢，爹？"我说。上帝把我造了出来。我又没有跟上帝说要把我造在乡下。如果**他**造得出火车，为什么**他**不可以

① 指城里商店橱窗里的玩具火车。

把人都造在城里呢,因为面粉、白糖和咖啡。“吃香蕉不是更好吗?”

他走过来又走过去。他的影子也走过来走过去。

那不是她。我方才在那儿,看着。我以为那是她,其实不是。那人不是我妈。当那个人躺在她的床上把被子拉上来的时候,我妈已经走了。“她是到城里那么远的地方去了吗?”“她去的地方比城里还要远。”“所有那些兔子和负鼠也是到比城里还要远的地方去了吗?”上帝创造出了兔子和负鼠。**他**造出了火车。如果我妈和兔子没什么两样,那**他**又何必安排它们上别的地方去呢。

爹走来走去。他的影子也走来走去。锯子发出一种声音,好像它已经睡着了。

因此要是卡什把那盒子钉上,那她就不是一只兔子。要是她不是兔子那我就在小隔间里透不出气来而卡什将要把盒子钉死。因此如果她让他钉那么那个人就不是我妈。我知道的。我当时在场。出事时我看见的那人不是我妈。我看见的。他们都以为她是,卡什也准备把盒子钉死。

那不是她因为它当时躺在那边的土里。现在它已经给剁烂了。是我剁的。鱼现在躺在厨房血淋淋的煎锅里,等着给煮了吃。那么说它当时不是而她是,现在呢它是而她不是。明天鱼会被煮了吃掉而她就会是他、爹、卡什和杜威·德尔,盒子里什么东西都没有这样她才能呼吸。鱼当时躺在那边的土里。我可以去找弗农。他当时在场,他看见鱼的,有我们两个人它会是的然后又会不是的。

# 塔　尔

他吵醒我们的时候已经快到半夜了,雨也开始下了。眼看暴风雨即将来临,这真是一个让人提心吊胆的夜晚。这样的一个夜晚,在一个人喂好牲口,回到屋里,吃好晚饭,上了床,听到雨点开始落下之前,几乎什么事情都可能发生。就在这样的时刻,皮保迪的两匹马来了,全身冒汗,拉着破损的马具,颈轭夹在外面那头牲口的腿中间,科拉见了就说:“准是艾迪·本德仑。她终于过去了。”

“皮保迪可能上这一带十来个人家中的任何一家来出诊,”我说,“再说,你又怎么知道那是皮保迪的马儿呢?”

“嗯,难道不是吗?”她说,“你去把它们拴好嘛。”

“干吗呀?”我说,“要是她真的故去了,我们不到天亮也没法去帮忙。再说马上要来暴风雨了。”

“这是我的责任,”她说,“你去把牲口牵进来吧。”

可是我还是不愿意。“要是他们需要我们他们会派人来的,这是明摆着的。你连她是不是真的故去也不知道嘛。”

“唉,你难道认不出这是皮保迪的马?你敢说那不是?好了,快去吧。”可我还是不肯去。我发现,当人们需要谁的时候,最好还是等他们来请。“这是我身为基督徒的责任,”科拉说,“难道你要阻拦我尽基督徒的责任吗?”

“要是你愿意,你明天可以在那儿待上一整天嘛。”我说。

当科拉叫醒我时,天已经下了一会儿雨了。即使在我掌着灯朝门口走去,灯光照在玻璃上,让他知道我在去开门时,他还在敲门。声音不大,但老是不断地敲,好像他敲着敲着都快睡着了,可是我一直没有注意到敲的是门上多么低的部位,直到我开开门什么也没看见,才有所察觉。我把灯举起来,雨丝亮闪闪的掠过了灯,而科拉又在门厅里嚷嚷:“是谁呀,弗农?”我起先根本看不见有人,后来我放低了灯,朝门周围地下去找。

他看上去像一只落水狗,穿着工裤,没有戴帽子,泥浆一直溅到膝盖上,他在泥泞里走了足足四英里呢。“哎哟,我的老天。”我说。

“那是谁呀,弗农?”科拉问。

他对着我看,脸当中那双眼睛又圆又黑,就像你把光线投到一只猫头鹰的脸上时所见到的一样。“你是看见那条鱼的。”他说。

“到屋子里来,”我说,“怎么一回事?是你妈——”

“弗农。”科拉说。

他在黑暗中站在门后面。雨扑打在灯上,发出了嘶嘶声,我担心它不定什么时候会爆裂。“你当时在场,”他说,“你是看见的。”

这时科拉来到门口。“你快给我进来避雨。”她说,并把他拖了进来。他一直瞧着我,简直像一只落水狗。“我早就跟你说了有情况。你快去拴马呀。”

“可是他并没有说——”我说。

他瞧着我,水吧嗒吧嗒地滴在地上。“他要把地毯弄坏了,”科拉说,“你去拴马,我来把他带到厨房里去。”

可是他往后缩,滴着水,用那样一双眼睛瞅着我。“你当时在场。

你看见它[1]躺在那儿的。卡什一心想把她钉在里面,它当时躺在那边地上。你是亲眼看见的。你还看见土里的印记的。我往这边赶来的时候雨还没下大。我们赶回去还来得及。"

我听了头皮直发麻,虽然那时我还不怎么明白。可是科拉倒是懂了。"你快去把那两匹马牵来,"她说,"他又伤心又难过,都昏了头了。"

我头皮直发麻,这一点不假。一个人有时候真的得动脑子想一想才行。想想这个世界上所有的忧伤和烦恼,想一想它们像闪电一样,随时都可能朝任何地方打击下来。我琢磨一个人得对上帝保持很强的信心才能自保,虽然有时候我觉得科拉未免想得太多,好像她打算把旁人都从上帝身边挤开好让自己更靠近他老人家似的。可是,当有一天这一类的祸事临头时,我想她还是做对了,一个人对这种事是得多操点心。我有这样一位一辈子在追求高尚道德、一心要做好事的太太,真是太幸运了,她不是老说我有福气吗。

一个人有时候是得动脑子想一想这种事。当然,倒不用经常去想。那样更好些。因为上帝要人多做实事,而不希望他们花许多时间去没完没了地想心事,因为人的脑子就跟一架机器一样,是经不起过多折腾的。最好是按常规活动,每天干同样的活儿,不要让哪一个部件使用得超过负荷。我以前说过现在还要再说,达尔真正的毛病就在这儿:他正是独自思忖得太多了。在这件事上科拉说得很对,她说达尔就需要讨个老婆来把他的毛病治一治。我想到这里,不由得又产生一个想法:要是一个人得靠娶老婆来救自己,这样的人也够窝囊的了。可是我寻思又是科拉说得对,她说上帝之所以要创造出女人来是因为男人看见自己的长处也认不出来。

---

① 指鱼。

我把两匹马牵到屋子里来的时候,他们俩已经在厨房里了。她把衣服穿在睡袍外面,头上包着披巾,拿着一把伞,她的《圣经》包在油布里。而他呢,则像她安排的那样,坐在垫炉子的铁皮上一只倒扣过来的铁桶上面,身上的水在往地上滴。“我从他嘴里什么也问不出来,只听他说有一条鱼,”她说,“这是对他们的审判哪。在这孩子身上我见到了上帝的旨意,这是对安斯·本德仑的报应和警告呀。”

“我离家后天才下雨的,”他说,“那时我已经离开了。我是在路上。因此鱼是在土里面的。你是看见的。卡什一定要把她钉在里面,不过你是看见了的。”

我们抵达本德仑家时,雨下得很大,瓦达曼坐在座位上我们两人之间,裹在科拉的披肩里。他再也没说别的,光是坐在那里,由科拉给他在头上撑着一把伞。过一阵子,科拉就会停止唱赞美诗,说一声:“这是对安斯·本德仑的报应呀。好让他明白自己正走在罪恶的道路上。”接着她又继续咏唱,而他则坐在我们之间,稍稍前倾,像是嫌骡子走得太慢。

“当时它就躺在那儿,”他说,“可是我上路离开家以后雨下下来了。我可以过去打开窗子,因为卡什还没把她钉进去。”

等我们打进最后一颗钉子时,半夜早就过了。我回到家里给牲口卸了套再次上床,看见科拉的睡帽扔在旁边的枕头上,天都快蒙蒙亮了。简直是见鬼了,我仿佛仍然听见科拉在咏唱,感到那个孩子坐在我们之间身子前倾像是要赶到骡子前面去,仍然看见卡什一上一下地在拉锯子,而安斯则像个稻草人似的傻站在那里,像头牛站在没了脚脖子的水塘里,要是有人走过抓起水塘的一边把水塘掴翻,他也会浑然不觉的。

等我们钉好最后一颗钉子,把棺材抬进屋子,天已经快亮了。她躺在床上，窗开着，雨又打在她的身上了。他已经干了两回了，他睡得那么死，科拉都说他的脸像本地出的一个圣诞节戴的假面具，而且是在土里埋了一个时期后又给挖出来的。最后，他们总算把她放进棺材，把盖子钉死，免得他再一次替她打开窗子。第二天早上，他们发现他光穿一件衬衫在地板上睡得死死的，像一头被打倒在地的牛，而棺材盖上却钻了许多洞眼，最后一个洞里还插着卡什的新螺丝钻，钻头已经断了。他们把盖子打开，发现有两个洞钻头一直钻到她的脸上。

如果这是报应的话，那也未免做得太绝了。上帝要做的事还多得很，何必那样认真呢。**他**手上的事情没法不多。因为倘若要说安斯·本德仑有什么负担，那负担就是他自己。在人们嘀嘀咕咕说他坏话的时候，我自己这么忖度：他还不至于那么不像话吧，否则他怎么能在这样状态中忍受如此之久呢。

这样惩罚别人肯定是不对的。如果是对的，那我就不是人。搬出**耶稣**说让小孩子到我这里来①也不能证明它对。科拉说："我给你生的都是上帝赐给我的。我面对着这种局面既不害怕也不畏惧因为我对主的信仰是坚定的，这种信仰支持着我，鼓舞着我。如果你没有儿子，那是因为智慧的主自有**他的**旨意。在上帝的男女子民面前，我的生命就像一本摊开的书，因为我相信我的上帝，相信给我的酬谢。"

我寻思她是对的。我寻思在全世界的男男女女中间，要找出一个人，让主能够把世界托付出去而且走开去一点儿不用操心，这个人就是科拉了。我也寻思她会做些改变，和上帝治理时有所不同。我寻思这些改变是为了人类过得好一些。反正，我们也非得喜欢这些改变不可。反正，我们过我们的日子并且做出喜欢的样子，这总不会错吧。

---

① 《圣经·新约·马太福音》第19章第14节："但耶稣说：'让小孩子到我这里来，不要禁止他们，因为天国是属于这样的人的。'"

# 达 尔[1]

煤油灯放在一只树墩上。它生锈了、油腻腻的，灯罩裂了缝，一边给腾起的油烟熏黑了，这盏灯往叉架、木板和左近的地上投去一重闷闷的微光。小木片散布在黑色的泥地上，像是一块黑色的画布给人随随便便地涂抹上了几笔白油彩。木板却像从沉闷的黑暗里扯出来的一些长长的破衣服，只是里子翻到外面来了。

卡什在叉架四周干活，走来走去，举起又放下木板，在死寂的空气里发出碰撞所引起的长长的响声，仿佛他是在一处看不见的井底挪动木头，那些声音虽然不响了却还潜伏在原处，似乎一有动静它们就会从这里的空气中跑出来，加入到反复的振响中去。卡什又拉开锯了，他的胳膊肘缓慢地移动，一行稀稀落落的火星沿着他的锯齿闪现，每拉一下就在上端或下端熄灭又复点燃，锯成了一个完整的椭圆形，足足有六英尺长，朝爹那畏缩、没有主意的侧影刺进又刺出。“把那块木板递给我，”卡什说，“不，是那一块。”他放下锯走过来拿起他所要的那块木板，平衡着的木板发出长长的晃动的光，像是把爹都扫到一边去了。

空气中像是有硫黄的气味。他们的影子落在难以捉摸的空气层上

① 本节内容是达尔以先知式口吻在述说家中所发生的事情。他其实并不在现场。

就像落在一面墙上一样；影子像声音一样，落上去时仿佛没有走远，仅仅是凝聚了片刻，是临时性的，像是在冥想。卡什继续干他的活，身子一半转向微弱的灯光，一条腿和一条竹竿般细的胳膊在使劲儿，在他那不知疲倦的胳膊肘上面，他的脸以一种全神贯注、充满力度的静态斜斜地插进了灯光。天幕底下，片状闪电在浅睡；闪电前面，一动不动的树木连最小的枝丫都爹立着，它们胀肿着，像是因为怀着胎而躁动不安。

雨落下来了。最初的那些猛烈、稀疏、迅疾的雨点扫过树叶，掠到地上，发出了一声长叹，仿佛从难以忍受的悬宕中解除出来，感到很轻松。雨点大得像大粒霰弹，热烘烘的，像是从一管枪里蹦出来的，它们横扫在灯上，发出了一阵恶毒的嘶嘶声。爹扬起了脸，嘴巴松弛着，一圈黑色的潮嗞嗞的鼻烟紧紧地粘在他的牙龈根上，透过他那松弛的脸部上的惊讶表情，他仿佛站在超越时间的基点上冥想，想的是最终暴行的问题。卡什朝天空看了一眼，接着又看看那盏灯。那把锯子还是那么坚定，活塞般移动着的锯齿上闪动的火花仍然在奔跑。“去找样东西来挡一下灯。”他说。

爹朝屋子里走去。雨忽然倾盆而下，没有打雷，也没有任何警告。他在门廊边上一下子给扫到门廊里去，卡什片刻之间就浑身湿透了。可是那把锯子还是毫不迟疑地拉动着，仿佛它和胳膊都怀着一种坚定的信心在行动，深信这场雨不过是心造的幻影。接着卡什放下锯子，走过去蹲在那盏灯的边上，用自己的身子遮挡它，他那件湿衬衫使他的背显得又瘦又是肋骨毕露，仿佛一下子他衬衫什么的全都里外翻了个个儿，以致把骨头都露到外面来了。

爹回来了。他自己穿着朱厄尔的雨衣，手里拿着杜威·德尔的那件。卡什还是蹲在灯的上方，他把手伸到后面去捡起四根木棍，把它们插进地里，又从爹手里接过杜威·德尔的雨衣，把它铺在四根棍子上，给灯架起了一个屋顶。爹瞧着他。“我不知道你自己怎么办,”他说,“达尔把他的雨衣带走了。”

“挨浇就是了。”卡什说。他又拿起锯子,锯子又上上下下、一进一出地在那不慌不忙的不可渗透性里拉动,有如在机油里掣动的一只活塞。他浑身湿透,不知疲倦,身架又轻又瘦,像个小男孩或是小老头。爹瞅着卡什,眨着眼,雨水顺着脸往下流淌;他又看看天空,仍然带着那种沉默、深思、愤愤然却又是自我辩解般的表情,仿佛这一切都是他预料之中的;他时不时动弹一下,走上几步路,憔悴,满脸是水,拿起一块木板或者一件工具,接着又放下。现在弗农·塔尔出来了,卡什穿上了塔尔太太的雨衣,他和弗农在找锯子。过了一会儿他们发现锯子在爹的手里。

“你干吗不进屋躲躲雨呢?”卡什说。爹看着他,他脸上的雨水在慢慢地流淌。就好像是所有丧亲之痛中最最荒诞不经的表情,在一个刻毒的讽刺艺术家雕刻出来的一张脸上流淌。“你快进去吧,”卡什说,“我和弗农能把它做好的。”

爹看看他们。朱厄尔的雨衣穿在他身上显得袖子太短了些。雨水在他脸上往下流,慢得像凝冻的甘油。“我淋湿了也不怪她。”他说。他又挪动了一下,并且动手去搬动木板,把它们拿起来,又小心翼翼地放下去,仿佛那是玻璃似的。他走到灯那里,去扯扯支撑起的雨衣,却把它弄倒了,卡什只好走过去再把它架好。

“你快进屋去吧。”卡什说。他领爹进屋子里去,出来时带着雨衣,他把雨衣叠起来放在那盏灯所在的棚子里面。弗农没有停下手里的活儿,他抬起头来看看,手仍旧在拉着锯。

“你早就应该把他送进去的,”他说,“你知道雨迟早要下的。”

“他就有这样的毛病。”卡什说。他看看板子。

“可不,”弗农说,“他总架不住要来。”

卡什眯起眼睛看着木板。密密匝匝、波浪般起伏的雨冲打着木板长长的侧面。“我打算把它刨成斜角的。”他说。

“那就更费工了。”弗农说。卡什把木板一边朝下立起来,弗农又看了他一会儿,然后把刨子递给他。

弗农把木板捏住,卡什则以一个珠宝工匠那种精细得让人厌烦和到了烦琐程度的态度把边刨斜。塔尔太太走到廊沿叫弗农。“你们活儿还剩多少?”她问。

弗农连头都不抬起来。“不多了。不过还有一点儿。”

她看着卡什伛身在木板的上方,他一动,那盏提灯肿胀浮夸、野性十足的光就在雨衣上滑动。“你们走几步,到谷仓那儿拆几块木板下来用,快把它做完进屋子里来,免得挨浇,”她说,“你们都会送掉老命的。”弗农没有动。“弗农。”她说。

“我们快干完了,”他说,“我们再干一气儿也就完了。”塔尔太太又看了他们一会儿,然后回进屋里。

“要是真的不够,我们可以去把那儿的木板拆几块下来,”弗农说,“我以后再帮你把它们补上。”

卡什停住手里的刨子,眯缝眼睛顺着木板看过去,用手掌摩摩它。“把另外那块给我。”他说。

黎明前不久,雨歇住了。但是卡什钉完最后一根钉子时,天还未亮,他钉完后直僵僵地站起来,低下头去看看已完工的棺材,其他的人则看着他。在提灯的光线照耀下他的脸显得很平静,像是在沉思;他慢吞吞地在穿着雨衣的腿上擦擦手,既从容又坚定与镇静。接着,四个人——卡什、爹、弗农和皮保迪把棺材扛上肩头,朝屋子走去。棺木很轻,但他们还是走动得很慢;那里面是空的,但是他们小心翼翼地抬着;

它是没有生命的，然而他们移动时彼此交换着压低了的唯恐说错的话语，在提到它的时候，仿佛一经做成，它便有了生命，如今正在浅睡，过不了多久就会醒过来的。走在黑暗的地板上时，他们笨拙地踩着沉重的步子，好像他们都有很久没有在地板上行走了。

他们在床边把它放了下来。皮保迪说："咱们吃点东西吧。天都快亮了。卡什在哪儿呢？"

他又回到叉架那儿去了，又在提灯微弱的灯光下弯下了腰，收拾起他的工具，用一块布仔仔细细地擦拭，把它们放进工具箱，那只箱子有一根可以背的皮带。这以后他拿起箱子、提灯和雨衣，朝屋子走去，他登上台阶，逐渐发白的东方衬出了他朦胧的身影。

在一间陌生的房间里你必须得排空自己才能入睡[①]。那么在你排空自己准备入睡之前，你又是什么呢。然而在你排空自己准备入睡时，你并不是什么。而且在你睡意很浓的时候，你从来就不是什么。我并不知道我是什么。我并不知道我是还是不是。朱厄尔知道他是，因为他所不知道的是：他不知道自己到底是还是不是。他不能排空自己准备睡觉因为他不是他所是而正是他所不是。隔着那堵没有灯光照着的墙我听得见雨水在打出那辆大车的轮廓，那辆大车是我们的，车上的木材已经不属于那些把它们伐倒锯断的人了但是还不属于那些买下它们的人同时也不属于我们，虽然它们躺在我们的大车上，因为只有风和雨为没有入睡的朱厄尔和我勾勒出它们的轮廓。而且因为睡眠是"不存在"，而雨和风则是曾经是，因此木材也是不存在的。然而大车是存在的，因为一旦大车成了过去的事，艾迪·本德仑就会不存在了。既然朱厄尔存在，那么艾迪·本德仑也准是存在的。这么看来我也准是存在

① 以上是达尔所叙述的他所"见"的家中的景象。下面他又回到身边的现实中来。他和朱厄尔在拉货的途中。可以看出用的是艾略特的叙事状物风格。

的,否则我也无法在一间陌生的房间里排空自己准备入睡了。因为如果我还没有排空自己,那我就是存在的。

有多少次我在雨中躺在陌生的屋顶之下,想念着家呢。

# 卡　什

我把它做成斜面交接的。这样一来

一、钉子吃住的面积比较大。

二、每一个接合的边面积是原来的两倍。

三、雨水只能斜斜地渗入棺材。要知道雨水顺垂直、水平方向渗流起来是最容易不过的了。

四、在屋子里人有三分之二的时间是垂直生活的。因此房屋的接合面与榫头都是垂直方向的。因为力量是朝垂直方向作用的。

五、在床上人总是躺着的,因此床的接合面与榫头都是水平方向的,因为力量是朝水平方向作用的。

六、但是。

七、人的遗体并不像一根枕木那样方正。

八、还有动物性磁力的问题。

九、尸体的动物性磁力使得力量朝斜向起作用,因此棺材的接合面与榫头也应当做成斜向的。

十、人们可以看到旧坟的泥土往往是斜向塌陷的。

十一、可是在一个自然形成的洞里,塌陷处总是在正中,因为力量是垂直作用的。

十二、因此,我把棺木做成斜面交接的。

十三、这样一来,活儿就做得漂亮多了。

# 瓦达曼

我妈是一条鱼。

# 塔 尔

等我再回来已经是十点钟了,皮保迪那两匹马系在大车的后面。它们已经把那辆四轮马车从出事地点拉回来了,奎克发现它底朝天跨架在小溪一英里之外的一条沟上面。它是在小溪那里给拉到路外面去的,早就有十来辆大车在那里出过事了。是奎克发现的。他说河水涨了而且还在不断地涨。他说水已经没过了桥桩上他所见到的最高水痕。"那座桥是经受不起这么大的水的,"我说,"这事有人告诉过安斯没有?"

"我告诉他了,"奎克说,"他说他寻思那两个小伙子已经听说了,他们这会儿准卸下货在往回走了。他说他们可以装上棺材过桥的。"

"他还是别过桥往前走,把她葬在纽霍普得了,"阿姆斯蒂说,"那座桥太老了。我是不愿拿自己的性命跟它开玩笑的。"

"他已经下定决心要把她送到杰弗生去呢。"奎克说。

"那他还是尽量快去为好。"阿姆斯蒂说。

安斯在门口迎接我们。他胡子刮过了,但是刮得并不高明。下巴那儿拉了长长的一道口子,他穿着星期天才穿的裤子,穿了一件白衬衫,领圈扣得严严实实的。衬衫软软地贴在他的罗锅背上,使他显得更驼了,白衬衫就有这样的效果,他的脸也显得跟平时不一样。他现在照直了看我们的眼睛,很威严,他的脸上有一种悲剧色彩,镇定矜持,我们走上门廊刮去鞋上的泥土时他跟我们握手,我们穿着星期天的衣服有点发僵,我们的衣服窸窣作响,他和我们打招呼时我们都没有抬眼看他。

“赏赐的是耶和华。”我们说。

“赏赐的是耶和华。”

小男孩不在那里。皮保迪告诉我们他怎样来到厨房里,发现科拉在煮那条鱼,便大喊大叫地扑上去对着她又是抓又是掐,杜威·德尔只好把他拎到谷仓里去关起来。“我那两匹马没事儿吧?”皮保迪问。

“没事儿,”我告诉他,“我今天早上还喂它们来着。你那辆马车看起来也还可以。没有受到什么损坏。”

“不是谁搞的鬼吧,”他说,“我真想知道马跑掉的时候那孩子在什么地方。”

“要是马车哪儿坏了,我可以帮你修。”我说。

女人家走到屋子里去了。我们可以听见她们说话和扇扇子的声音。扇子呼呼、呼呼、呼呼地响,她们说个不停,说话声像是一群蜜蜂在水桶里嗡嗡作响。男人们停在门廊上,有一句没一句地聊着,谁也不看谁。

“你好,弗农,”他们说,“你好,塔尔。”

“看样子还要下雨。”

“肯定还要下。”

“准保的,爷们儿。还得好好儿下呢。”

“雨倒是来得挺猛。”

“去的时候又是慢慢腾腾的了。你就等着瞧吧。”

我绕到房后去。卡什正在把孩子在棺盖上钻的洞眼补起来。他在削填塞窟窿的木塞子,一个一个地削,木头很湿,不大好弄。他原本可以铰开一只铁皮罐头把洞眼盖上,别人根本不会注意两者的差别的。不会在乎的,至少是。我看见他花了一个小时削一只木塞子,仿佛他在干的是刻花玻璃活儿,其实他满可以随便捡一些木棍把它们敲到窟窿里,这样也满行了。

我们干完活之后我回到房前去。男人们已经离开房子稍微远一些了,他们有的坐在木板两端,有的坐在锯架上,我们昨天晚上就是在这儿做棺材的,有的坐着,有的蹲着。惠特菲尔德[1]还没有来。

他们抬起头来看我,他们的眼睛在询问。

"差不多了,"我说,"他正准备把匣子钉上呢。"

就在他们站起来的时候安斯来到门口,看着我们,我们便回到门廊上去。我们再一次仔仔细细地刮鞋子上的泥,在门口磨磨蹭蹭,让别人先进去。安斯站在门里面,庄严而又矜持。他挥挥手,带领我们朝房间里走去。

他们把她颠倒放进棺材里。卡什把棺材做成钟形的,像这样:

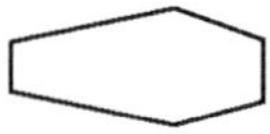

每一个榫头与接合面都做成倾斜的,用刨子刮过,合缝严密得像一面鼓,精巧得像一只针线盒,他们把她头足倒置放在棺材里,这样就不至于弄皱她的衣服。那是她的结婚礼服,下摆多褶,他们让她头足倒置,这样裙裾就可以摊开来了,他们还剪了一块蚊帐给她做了个面纱,免得显露出脸上被钻破的洞。

我们朝外面走的时候惠特菲尔德来了。他一直湿到腰那儿,还沾

---

① 当地的牧师。

满泥巴。“上帝垂怜这家人家，”他说，“我来迟了，因为桥已经给冲走了。我是走到老浅滩那儿，骑马蹚水过来的，幸好上帝保佑我。让他的恩典也降临这家人家吧。”

我们又回到叉架和木板那里，坐下或是蹲下。

“我知道桥准会被冲走的。”阿姆斯蒂说。

“它在那儿已经有很久了，这座桥。”奎克说。

“是上帝让它待在那儿的，你得说，”比利大叔说，“二十五年以来，我从没听说有谁用锤子维修过一下。”

“它造好有多久啦，比利大叔？”奎克问。

“它是在……让我想想看……一八八八年造的，”比利大叔说，“我之所以记得是因为皮保迪是第一个过桥的人，那天他到我家里来给乔迪接生。”

“要是你老婆下一次崽我都过一次桥，它早就塌了，比利。”皮保迪说。

我们都笑了，声音突然大起来，接着又突然安静了下来。我们都稍稍避开旁人的目光。

“有多少过过这座桥的人再也过不了任何桥了。”休斯顿说。

“这话不假，”利特尔江说，“确实就是这样。”

“又多了一个过不了桥的人啰，再也过不了啰，”阿姆斯蒂说，“他们用大车送她进城得用两三天工夫。他们得花上一个星期，送她去杰弗生然后再回来。”

“安斯干吗这么急着非要把她送去杰弗生不可呢？”休斯顿说。

“他答应过她的，”我说，“她要这样做。她非要这样做不可。”

“安斯也是非要这样做不可。”奎克说。

“是啊，”比利大叔说，“就有这样的人，一辈子什么都凑合对付过去，忽然下决心要干成一件事，给他认识的每一个人都带来无穷无尽的烦恼。”

“哼，现在只有上帝才能把她弄过河去了，”皮保迪说，“安斯可不行。”

“我寻思上帝会这样做的，”奎克说，“**他**这么久以来一直都在照顾安斯。”

“这话不假。”利特尔江说。

“照顾了那么久如今都欲罢不能了。”阿姆斯蒂说。

“我寻思**他**也跟左近所有的人一样，”比利大叔说，“**他**照顾了那么久如今都欲罢不能了。”

卡什出来了。他换上了一件干净的衬衣，他的头发湿漉漉的，梳得服服帖帖的披在脑门上，又光又黑，像是用漆刷在头上似的。他在我们当中直僵僵地蹲了下来，我们注视着他。

“这样的天气你有感觉吧，对吗？”阿姆斯蒂说。

卡什一句话也不说。

“断过的骨头总是有感觉的，”利特尔江说，“骨头断过的人总能预报阴雨天的。”

“卡什运气还算不错，他出了这件事才摔断一条腿，”阿姆斯蒂说，“弄得不好他是会一辈子瘫在床上的。你是从多高的地方摔下来的，卡什？”

“二十八英尺四又二分之一英寸，大概是这样吧。”卡什说。我挪到他的身边。

“站在湿木板上是很容易滑倒的。”奎克说。

“真是太倒霉了，”我说，“不过你当时也是没有办法。”

“都是那些娘们儿不好①，”他说，“我是考虑到她的平衡打的。我是按她的大小和分量打那副寿材的。”

要是遇到湿木板就滑倒，那么在这场鬼天气过去之前，还不定有多少人要摔跤呢。

“你当时也是没有办法呀。”我说。

我才不在乎别人摔跤不摔跤呢。我在乎的是我的棉花和玉米。

皮保迪也不在乎别人摔跤不摔跤。怎么样，大夫？

那是铁定的。迟早会给大水冲得干干净净。看起来灾祸总是不可避免的。

那是当然的啦。否则东西怎么会值钱呢。要是什么事儿都没有人人都得到大丰收，你以为庄稼还值得人去种吗？②

唉，要是我愿意见到自己的劳动成果被大水冲得一干二净，那才怪哩，那是我流血流汗种出来的呀。

那是明摆着的嘛。只有自己能够呼风唤雨的人，才会不在乎见到庄稼给水冲走。

能呼风唤雨的是谁呢？这样的人眼珠子的颜色哪儿有呢？

对啰。是上帝让庄稼长起来的。**他**什么时候觉着合适就什么时候发大水把它冲走。

“你当时也是没有办法呀。”我说。

“都是那些娘们儿不好。”他说。

在屋子里，那些女人开始唱歌了。我们听见第一句响了起来，在她们觉得有把握的时候，歌声开始变响，我们站起来，朝门口走去，脱掉帽子，把嘴巴里嚼着的烟草吐掉。我们没有走进去。我们停留在台阶上，

① 意思是：女人们为了让艾迪的裙子可以摊开，把她头足倒置。对此卡什很不高兴。
② 丰收时农产品价格低落，农民收入反而减少。

挤成一团,帽子捏在身前或是身后松弛的双手里,一只脚伸在前面站着,头垂了下来,眼光不是朝旁边看,便是朝手里的帽子看,再就是朝地上看,时不时朝天上看,朝别人的庄重、严肃的脸上看去。

这支歌唱完了,女人们颤抖的嗓音在一个浑厚的、越来越轻的低音中停止。惠特菲尔德开始说话了。他的声音显得比他的人要大些。好像这两者并不是一回事。好像他是一回事,他的声音又是另一回事,他们是分别骑了两匹马在浅滩上蹚水过来进入屋子的,一个身上溅满了泥浆而另一个连衣服都没有湿,得意洋洋却又十分忧伤。屋子里有人哭起来了。那声音听起来好像她的眼睛和声音都朝里翻了进去,在倾听似的。我们挪动着,把重心移动到另一条腿上去,接触到别人的眼光但是又装出没有这回事的样子。

惠特菲尔德终于停止了。女人们又唱起歌来。在滞重的空气里,她们的声音像是从空气中产生的,飘来飘去,汇集在一起,聚成一些哀伤的、慰藉的曲调。歌唱完时,这些声音似乎并没有消失。似乎它们仅仅是藏匿在空气里,我们一动它们就会重新出现在我们周围,又忧伤又安慰人。这时女人家唱完了,我们戴上帽子,动作直僵僵的,好像我们以前从来没戴过帽子似的。

在回家的路上,科拉仍然唱个不停。"我正朝我主和我的酬谢迈进。"她唱道,她坐在大车上,披巾围在肩膀上,头上打着伞,虽然天并没有下雨。

"她可算是得到她的酬谢了,"我说,"不管她去的是什么地方,她总算是摆脱了安斯·本德仑,这就是她的酬谢了。"她在那只盒子里躺了三天,等达尔和朱厄尔回到家中,拿了一只新的车轮,回到陷在沟里的大车那里。用我的牲口吧,安斯,我说。

我们等我们自己的,他说。她会这样要求的。她一向就是个爱挑别的女人。

第三天他们回来了，他们把她装上大车动身上路，时间已经太晚了。你们只好绕远走萨姆森家的那座桥了。你们走到那儿得一天工夫。那里离杰弗生还有四十英里。用我的牲口吧，安斯。

我们还是等自己的吧。她会这样要求的。

我们是在离本德仑家大约一英里处看见他[①]的，他坐在一个烂泥塘的边上。据我所知，烂泥塘里从来就没有过一条鱼。他扭过头来看我们，他的眼睛圆圆的，很安详，他的脸挺脏，那根钓竿横架在他的膝盖上。科拉仍然在唱圣歌。

“今儿个可不是钓鱼的好日子啊，”我说，“你跟我们一块回家，明天一大早我带你到河边去逮鱼，多多的。”

“这里面有一条，”他说，“杜威·德尔看见的。”

“你跟我们走吧。到河里逮鱼最好不过了。”

“这儿有，”他说，“杜威·德尔看到过的。”

“我正朝我主和我的酬谢迈进。”科拉唱道。

---

① 应指瓦达曼。

# 达　尔

“死了的不是你的马，朱厄尔。”我说。他直僵僵地坐在座位上，稍稍前倾，背挺得笔直，像一块木板。他帽檐湿透了，有两处从帽顶上耷拉下来，遮住了他那木僵僵的脸，因此，头低下来的时候，他只好透过帽檐朝外张望，仿佛是透过一顶头盔的面甲朝外观看。他眼光越过山谷朝远处眺望，朝向斜靠着断崖的谷仓，朝向想象中的一匹马。“看见它们了吗？”我说。在我们家房子的高处，在迅动、滞重的气流里，它们在盘旋，它们越转圈子越小。从我们这儿看去，它们只不过是一些小黑点，执着的、耐心的、不祥的小黑点。“不过死了的可不是你的马呀。”

“去你的，”他说，“去你的。”

我无法爱我的母亲，因为我没有母亲。朱厄尔的母亲是一匹马。

兀鹰一动也不动，在高高的空中盘旋，流动的云给人一种它们在倒退的错觉。

他一动不动，腰板笔直，脸上板板的毫无表情，在想象自己的马像一只半收拢翅膀的鹰那样地伛曲着背。他们在等待我们，准备好了要抬棺材，在等待他。他走进厩房，等那匹马踢他，这样他就可以一闪身穿过去，跳上马槽，在那里待一会儿，从隔在当中的厩房屋顶看出去，望着空荡荡的小路，然后爬到放干草的阁楼上去。

“去你的。去你的。”

# 卡 什

“这样放一头轻一头重。如果你们想搬动、运载起来平衡,我们必须——”

“抬呀。我操,你倒是抬呀。”

“我告诉你,这样搬动、运载起来都不平衡,除非——”

“抬呀! 抬呀,让你这蒜头鼻的笨蛋见鬼去,抬呀!”

这样放一头轻一头重。如果他们想搬动、运载起来平衡,他们必须——

# 达　尔

他和我们一起在棺材上方弯着腰，八只手里有他的两只。血一阵一阵地往他脸上涌。血色褪下来的时候脸色铁青，就像牛反刍过的食物那样平滑、厚实和发青；他的脸憋不过气来，涨得通红，龇牙咧嘴的。“抬呀！”他说，“抬呀，让你这蒜头鼻的笨蛋见鬼去！”

他一使劲，猛地把整个一边都抬了起来，我们全都赶紧抢着使劲免得他把棺材整个儿掼翻了。棺材抵抗了一会儿，好像它是有意识的，好像在里面的她那瘦竹竿似的身体虽然没有了生命，却仍然在拼命挣扎，好使自己多少显得庄重些，仿佛在努力掩藏一件自己的身上不得已弄脏了的外衣。接着棺材松动了，它突然上升，仿佛她躯体的抽缩使木板增加了浮力，又好像眼看那件外衣快要给抢走了，她赶紧又朝前一冲去争夺，全然不顾棺木本身的意志和要求。朱厄尔的脸色变得更加铁青了，我能听见他呼吸中有牙齿对咬的声音。

我们抬着它穿过门厅，我们的脚步沉重、笨拙地在地板上移动，走得七歪八斜的，我们穿过了大门。

“你们停一会儿。”爹说，他松开了手。他转过身去关上门，把它锁上，可是朱厄尔不愿等。

“走呀，”他用他那喘不出气儿来的声音说，“快走。”

我们小心翼翼地把它抬下台阶。我们一边走一边保持平衡,好像这是一件无价之宝。我们把脸转开去,从齿缝之间呼吸,不让鼻子吸气。我们走下小路,朝山包下走去。

“我们最好等一下,”卡什说,“我告诉你们,它现在不平衡。我们下坡还得有个人帮忙。”

“那你松手好了。”朱厄尔说。他不愿意停下。卡什开始落在后面,他步履蹒跚,想赶上来,他呼吸浊重。接着他和我们拉开了距离,朱厄尔独自抬着整个前端,这样一来,随着路面倾斜,棺材的一头翘了起来,它开始从我手中松了开去,在空中朝下滑动,就像一只雪橇在无形的雪上滑行,所到之处排走了空气,但棺木的形影似乎还留在那里。

“等一等,朱厄尔。”我说。可是他不愿意。他现在几乎是在奔跑了,卡什已经落在了后面。我现在独自抬的这头好像一点分量都没有,仿佛它成了一根漂流的干草,在朱厄尔失望的思潮里浮沉。我现在真的连碰都没碰到它,因为朱厄尔把身子一扭,让摇摇晃晃的棺木超越自己,然后伸出手去稳住它,同时就势把它送到大车的底板上,他回过头来看看我,一脸愤怒与绝望的神情。

“去你的。去你的。”

# 瓦达曼

我们要到城里去了。杜威·德尔说它不会卖掉的,因为它是属于圣诞老公公的,圣诞老公公把它收回去了,要到下一个圣诞节再拿出来。到那时它又会放在橱窗玻璃后面了,闪闪发亮地等在那里。

爹和卡什正从小山上走下来,可是朱厄尔却朝谷仓走去。“朱厄尔。”爹叫道。朱厄尔脚步没有停。“你上哪儿去?”爹问。可是朱厄尔还是没有停。“你把那匹马留在家里。”爹说。朱厄尔停住了脚步,看着爹。朱厄尔的眼睛瞪圆了,像两粒弹球。“你把那匹马留在家里,”爹说,“咱们全都坐大车和你妈一起走,这是她的心愿。”

可是我的妈妈是一条鱼。弗农看见它的。他当时在场。

“朱厄尔的妈妈是一匹马。”达尔说。

“那么我的妈妈也可以是一条鱼,是不是,达尔?”我问。

朱厄尔是我的哥哥。

“那么我的妈妈也非得是一匹马不可了。”我说。

“为什么?”达尔说,“如果爹是你的爹,为什么因为朱厄尔的妈妈是一匹马,你的妈妈也非得是一匹马不可呢?”

“为什么呢?”我问,“为什么呢,达尔?”

达尔是我的哥哥。

“那么你的妈妈是什么呢，达尔？”我问。

“我根本没有妈妈，”达尔说，“因为如果我有过妈妈的话，那也是过去的事。如果是过去的事，就不可能是现在的事。是不是？”

“是不可能。”我说。

“那么我就没有，”达尔说，“是不是？”

“不是。”我说。

我有。达尔是我的哥哥。

“可是你有的呀，达尔。”我说。

“我知道的，”达尔说，“这正是我没有的原因。要有的话，一个女人哪能下这么多的崽子。”

卡什背着他的工具箱。爹瞅着他。“我回来的时候要在塔尔家停一下，”卡什说，“把那儿的谷仓屋顶修好。”

“那可是一种不敬，”爹说，“是对她也是对我的有意轻慢。”

“难道你要让他大老远的回到这儿来再背上家什步行走到塔尔家去？”达尔说。爹瞅着达尔，他的嘴在不停地嚼动。爹现在每天都刮胡子，因为我妈是一条鱼。

“这是不妥当的。”爹说。

杜威·德尔手里拿了一包东西。她还带着装我们午饭的篮子。

“那是什么？”爹说。

“塔尔太太的蛋糕，”杜威·德尔说，一边爬上大车，“我帮她带到城里去。”

“这是不妥当的，”爹说，“这是对过世的人的一种轻慢。”

那玩意儿会在那儿的。圣诞节一到就会有的，她说，在铁轨上闪闪发光。她说他是不会把它卖给城里的孩子的。

# 达　尔

他走进场院，朝谷仓走去，背挺得直直的，像块木板。

杜威·德尔一只胳膊挎着只篮子，另一只手里拿了只用报纸包起来的方包包。她的脸沉着、阴郁，她的眼睛是深思而警惕的，在那里面我可以看见皮保迪的背影宛如两只针箍里的两粒豌豆，也许是在皮保迪的背上有两条那样的蠕虫，它们偷偷地、不断地穿透你的身子，从前面钻了出来，于是你从睡梦中突然惊醒或是本来醒着却突然吓了一跳，脸上出现一种惊愕、专注和关切的表情。她把篮子放进大车，自己也爬了上去，在越来越绷紧的裙子下面，她的腿伸了出来，显得很长：那是撬动地球的杠杆[①]；是丈量生命的长和宽的两脚规中的一种。她在瓦达曼身边的座位上坐了下来，把那只纸包放在膝头上。

这时候朱厄尔走进谷仓了。他没有扭过头来看看。

"这是不妥当的，"爹说，"他为母亲干这么点事也不算过分嘛。"

"走吧，"卡什说，"要是他愿意就让他留下。他待在家里不会出什么事的。没准他会去塔尔家在那里住上几天。"

"他会赶上我们的，"我说，"他会抄近路在塔尔家那条小路那儿和

① 古希腊科学家阿基米德说过："只要给我一个立足之处，我就能移动地球。"

我们会合的。”

“他还想骑那匹马呢，”爹说，“倘若我没有阻止他的话。那只有花斑的畜生比山猫还野。这是对他娘和我的有意轻慢嘛。”

大车移动了，骡子的耳朵开始抖动。在我们后面，屋子的上面，兀鹰羽翼不动地在高空盘旋，它们一点点变小终于不见。

# 安　斯

我告诉过他要是尊敬他死去的娘就别带上那匹马，这实在不像样儿，他那么神气活现地骑在一匹马戏团的畜生身上，而他母亲的意思是让自己的亲骨肉都坐在大车里陪伴她，可是还没等我们走出塔尔家的小路达尔便扑哧一声笑出来了。跟卡什一起坐在后面的木板座上，死去的娘就躺在他脚边的棺材里，他却大笑起来。都不知道有多少回了，我告诉过他正是这样的行为才使人们对他议论纷纷。我说我对人们议论我的亲骨肉还是在乎的，虽然你自己并不在乎，虽然我养大的是这么一帮不成器的儿子，要知道你非得要这么干使得人们议论纷纷，这对你娘来说可是一件丢脸的事，我说，对我倒不见得有什么损害：我是个老爷们儿，我受得了；你得给家里的女人，你娘你妹妹，考虑考虑。这时候我转过身来看他，可他还是坐在那里，笑个不停。

"我也不指望你把我看在眼里，"我说，"可是你娘躺在棺材里还没凉透呢。"

"瞧那边。"卡什说，把脑袋往小巷的方向一指。那匹马离我们还相当远，正飞快地朝我们奔来，不用说我也知道马背上是谁了。我只是转过头去再看看达尔，他瘫在那儿笑个不停。

"我是尽了力了，"我说，"我尽可能按她的意愿去做。上帝会原谅我并且宽恕**他**赐给我的这些孩子的所作所为的。”这时候在她躺着的棺材的上方,达尔坐在木板座位上,笑个不停。

# 达 尔

他飞快地穿出小巷,可是他拐进大路时我们离巷口已有三百码远,泥土纷纷从闪烁的马蹄底下飞起。接着他骑得稍许慢了一些,在马鞍上很轻快,身板挺直,那匹马在泥泞地里踩着小碎步。

塔尔在他的场院里。他看着我们,举起了手。我们继续往前走,大车发出吱呀吱呀的声音,湿泥在车轱辘下嗞嗞作响。弗农仍然站在那儿。他也望着朱厄尔经过,那匹马迈着一种轻松的、膝头高高抬起的步姿,在我们三百码后面奔驰。我们继续前进,以一种让人昏昏欲睡的动作,有如梦幻,像是对于进展毫无兴趣,似乎在我们与目的地之间缩短的并非空间而是时间。

大路呈直角朝左右叉开,上星期天的车辙痕已经愈合。这条平坦、红色的矿渣路逶迤地伸进松林。一块白色的路牌,上面写有已经褪了色的字:纽霍普教堂,三英里。这路牌旋转着升起,就像是一只一动不动的手举起在大洋深邃的孤寂之上;路牌后面,那条红土路仰卧着像根车辐而艾迪·本德仑则是那轮圈。路牌旋转着掠了过去,空空的,没有留下痕迹,它把褪淡的、不动声色的白字转了开去。卡什抬起眼睛静静地望着大路。我们经过路牌时他的脑袋像猫头鹰的头似的拧了开去,他的面容很安详。爹驼着背,眼睛笔直地朝前看。杜威·德尔也朝路前方看，接着她扭过头来看我，她的眼神是警觉的、拒斥的，卡什眼睛里那种疑问的神情她一刻也不曾有过。路牌闪过去了，光秃秃的大路又向前伸展。这时，杜威·德尔扭过头来。大车吱轧吱轧地朝前行进。

卡什朝车轮外面啐了一口。"再过两天就会有臭味儿了。"他说。

"你最好告诉朱厄尔。"我说。

他现在一动不动，在丁字路口那儿坐在马背上，腰板挺直，瞅着我们，一动也不动，跟他前面那块举着褪色文字的路牌一样。

"棺材没有放稳，走长路是不行的。"卡什说。

"这一点你也告诉他好了。"我说。大车吱扭吱扭地朝前行进。

又走了一英里他超过了我们，那匹马被缰绳一扯跑起了轻快的步子。他在马鞍上轻松地坐着，身子稳稳的，脸上木呆呆的没有表情，那顶破帽斜戴在头上，倾斜的角度大得惊人。他迅速地超过我们，也不看我们一眼，是那匹马在使劲儿，马蹄在湿泥里发出了嗞嗞声。一团湿泥往后甩，噗的一声落在棺材上。卡什俯身从工具箱里取出一件家什小心翼翼地把泥巴清除掉。大路穿过怀特里夫①时，下垂的柳条离我们很近，他折下一根枝条用湿润的叶子擦拭着污痕。

① 地名。该处有一小溪，也有教堂和居民点。在福克纳的长篇小说《村子》《小镇》里也出现过。

# 安 斯

要在这儿活下去真不容易，这是个苦地方。辛辛苦苦走了八英里路所流的汗全都流到上帝的土地里去了，而这正是上帝**他**老人家的意思。在这个充满罪恶的世界里，一个老老实实、下力气干活的人在哪儿都得不到好处。那些在城里开铺子的人呢，一滴汗不流，却靠流汗的人生活。下力气干活的人、庄稼人，哪有什么好处呢。有时候我真想不通咱们干吗要这样死受。也许是因为到了天上我们可以得到补偿吧，在那里，有钱人不能把汽车什么的带去。人人平等，上帝会把有钱人的东西分给穷人。

可是这一天谁知道什么时候才来到呢。一个人非得委屈自己和他死去的亲人才能得到老老实实做人的报酬，这有多糟心。我们下午也一直赶路，天快黑时来到萨姆森农庄，可是发现这儿的桥也给冲掉了。从没见到过河水涨得这么高，天上的雨还有得好下呢。老一辈的也没见到过或听说过有人记得发生过这样的事儿。我是上帝的选民，因为主所爱的**他**必管教①。可是我操，**他**行事的方式也未免太奇特了，依我看。

可是如今我可以装假牙了。这也算是一种安慰吧。那倒不假。

---

① 见《圣经·旧约·希伯来书》第 12 章第 6 节。

# 萨姆森

那是天快要黑时的事。我们坐在门廊上,这时大路上驶近一辆大车,里面坐着五个人,还有另外一个骑着马跟在后面。有一个人举起手打了招呼,可是他们经过店门口没有停下来。

“那是谁呀?”麦卡勒姆说,“我记不得他前面的名字了,反正是雷夫的双胞胎兄弟,正是那一个。”

“那是本德仑一家,住在纽霍普再过去一点,”奎克说,“朱厄尔骑的是斯诺普斯卖出来的马①。”

“我还不知道这批马居然有一匹还在,”麦卡勒姆说,“我还以为你们那边的人后来想法子把它们都打发掉了呢。”

“你倒试着去骑骑那匹马看。”奎克说。大车继续往前行进。

“我敢说你家老爹朗是不会把马白送给他的。”我说。

“当然不会,”奎克说,“他是从我爹手里买的。”大车还在往前走。“他们准是根本没听说桥的事。”他说。

“他们上这边来到底为了什么呢?”麦卡勒姆说。

---

① 故事见福克纳的短篇小说《花斑马》与长篇小说《村子》的第四部。弗莱姆·斯诺普斯与人合伙,弄来一批野马,佯称是驯马,卖给乡亲,使地方上乱成一团。

"把他老婆埋了之后，乘便放一天假松快松快吧，我想，"奎克说，"准是进城去，我想，塔尔那边的桥准也是冲掉了。我琢磨他们还没听说这儿的桥的消息呢。"

"那他们得插上翅膀才能过去了，"我说，"我估计从这里到伊什哈塔瓦河口一座桥也没有了。"

他们的大车里还载有东西。不过奎克三天之前刚去参加过丧礼我们自然不会想到别处去只觉得他们离家出门未免太迟了些而且肯定是没有听说桥的事儿。"你最好把他们叫住。"麦卡勒姆说。真是见鬼了，他前面的名字就在舌头尖上，可是怎么也想不起来。于是奎克大声叫了，他们停了下来，奎克走到大车跟前去告诉他们。

他和他们一起折了回来。"他们要去杰弗生，"他说，"塔尔家那边的桥也冲掉了。"似乎我们还不知道这档子事似的，他的脸看起来有点古怪，特别是鼻孔周围。可是那一家人光是坐在那里，本德仑、那个姑娘和小家伙坐在车座上，卡什和老二，也就是人们常常议论的那个，坐在横架在车尾挡板的一块木板上，另外的那个骑在花斑马上。不过我想他们到这时也已经习惯了，因为当我对卡什说他们只好再绕回到纽霍普去以及怎样做最好时，他仅仅淡淡地说了一句：

"我看我们是到得了那儿的。"

我这人不大爱瞎管闲事。我是主张让每个人想怎么干就怎么干的。可是我跟雷切尔谈起他们当中没一个懂行的人料理她而且又是碰到七月大热天等等等等，这以后，我又去到谷仓里，想劝劝本德仑。

"我答应过她的，"他说，"她拿定主意非得这么干不可。"

我注意到一个懒惰的人，一个不喜欢动的人，一旦开始动了就会决心继续动下去，就跟他不动时决心一步也不动一样，仿佛他非常恨的倒不是动本身，而是启动与停止。倘若出了什么事使得启动与停止发生困难,他倒会显出一副洋洋得意的样子。他坐在大车上,驼着背,眨巴着眼,听我们讲桥怎么说话间就给冲走,水又是涨得多么高,倘若他不是显出一副洋洋自得的样子仿佛是他本人让河水涨上去的,那我就不是人。

“你说河水比你见过的任何时候都高?”他问,“这是上帝的旨意啊,”他说,“我估计到明天早上也不会退下去多少。”他说。

“你们最好今天晚上在这儿过夜,”我说,“明天早早儿地朝纽霍普进发。”我完全是心疼那两头瘦骨嶙峋的骡子。我告诉雷切尔,我说了:“喂,难道你愿意我把他们挡在外面黑夜里吗?他们离家八英里呢。我还能怎样做呢,”我说,“反正只待一晚,他们就待在谷仓里,天一亮他们一定会动身的。”因此我就跟他们说:“你们今天晚上就在这儿住下,明天一早你们可以回纽霍普。我工具有的是,小伙子们要是愿意,一吃完晚饭马上可以先去干起来,把坑挖好。”这时候我发现那个丫头瞪着我。如果她的眼睛是两把手枪,我早就不在这儿说话了。她眼睛要是没有冲着我喷火,我就是小狗。后来我到谷仓去走近他们时,她说话正说得起劲,压根儿没注意我来到身边。

“你答应过她的,”她说,“你答应了,她才撒手去的。她满以为可以相信你的。要是不照着做,你会遭到天谴的。”

“谁说我不打算履行诺言啦?”本德仑说,“我的心在任何人面前都是坦荡荡的。”

“我才不管你的心怎么样呢。”她说。她发出的是一种耳语声,话说得很快。“你答应了她的。你必须照办。你——”这时她看见我了,就打住了,站在那里没动。如果她的眼睛是两把手枪,我早就不在这儿说话了。后来我跟安斯提起我的想法,他就说了:

“我答应过她的。她坚决要这样办的。”

"可是我觉得她愿意她母亲埋在附近,这样她就可以——"

"我说的是艾迪,"他说,"艾迪一定要这样办呢。"

因此我告诉他们把大车赶到谷仓里去,因为眼看又要下雨了,晚饭也快准备好了。不过他们不愿进屋来吃饭。

"我谢谢你了,"本德仑说,"我们不想麻烦你。我们篮子里还有点吃的。我们可以将就对付。"

"这个嘛,"我说,"既然你这么尊重妇女,我也不能两样。要是客人吃饭时候来到我们家又不肯和我们同桌吃饭,我那口子会认为是瞧不起她。"

于是那丫头到厨房去帮雷切尔了。这时候朱厄尔来到我的跟前。

"当然,"我说,"顶棚那儿的干草你尽管用。你喂骡子的时候也喂喂那匹马好了。"

"马吃的我愿意付钱给你。"他说。

"干吗这样?"我说,"谁喂马用了些草料我是不在乎的。"

"我愿意付钱给你。"他说。我还以为他要什么特别的饲料呢。

"干吗要特别的?"我问,"莫非它不吃干草和玉米吗?"

"是要特别多一些,"他说,"我总是多喂它一点,我不愿让它欠谁的情分。"

"饲料我这里是不卖的,小子,"我说,"要是它能把顶棚里的东西吃光,明儿一早我帮你把谷仓里的往大车上装。"

"它是从来也不欠谁的情分的,"他说,"我宁愿付钱给你。"

要是问问我宁愿怎样,你也根本不会在这儿了,我本想跟他这样说。可是我仅仅说:"那就让它现在开始欠别人的情分吧。饲料我这里是不卖的。"

雷切尔摆好晚餐,便跟那丫头一起去铺床。可是他们谁也不肯进来。“她都死了好几天了，该不会要求谁那么拘礼了。”我说。我跟任何人一样是尊敬过世的人的，可是你们也应该尊敬死者自己的遗体呀，一个女人的遗体在棺材里放了四天，对她表示敬意的最好做法就是尽快让她入土。可是他们就是不肯。

“那样做是不合适的，”本德仑说，“当然啰，如果小伙子们想上床睡觉，我想我可以坐着陪她一夜。我还不至于连这点苦都不肯为她吃。”

于是我回到谷仓，他们正蹲在大车周围的地上，全都在那儿。“至少得让那个小家伙进屋去睡会儿觉吧，”我说，“还有你，最好也进来。”我对那姑娘说。我并没有干涉他们私事的意思。我怎么想，也想不起以前干过什么和她有关系的事儿。

“他已经睡着了。”本德仑说。他们已经把他放进一间空马厩的木槽，让他在那儿睡了。

“那么你进来吧。”我对那姑娘说。可是她仍然一句话也不说。他们光是蹲在那儿。你都几乎看不清楚他们。“你们几个小伙子怎么样？”我说，“你们明天还要忙一整天呢。”过了一会儿，卡什说：

“我谢谢你了。我们能对付的。”

“我们不想欠别人的情分，”本德仑说，“我打心底里谢谢你了。”

因此我就让他们蹲在那里了。我想经过四天之后他们也习惯了。可是雷切尔不答应。

“这真是太不像话了，”她说，“太不像话了。”

“他又能怎么样呢？”我说，“他给她许下过诺言的。”

“谁说他啦？”她说，“谁管他呀？”她说，声音越来越高，“我只希望你和他还有世界上所有的男人，你们在我们活着的时候折磨我们，在我们死了以后又不把我们放在眼里，拖着我们走遍整个——”

“好了，好了，”我说，“你又发火了！”

"你别碰我!"她说,"别碰我!"

男人就是琢磨不透女人。我跟这一位一起过日子足足有十五年了,要说我琢磨透了我就是这个!我也清楚我们之间有许多不痛快的事儿,可是我从未想到怄气的原因会是一具死了都有四天的尸体,而且还是一具女尸。她们真会折磨自己,不像男人,能逆来顺受,随遇而安。

因此我躺在床上,听着雨开始落下,想到他们在那边,蹲在大车四周,雨点打在屋顶上,又想到雷切尔在那边抽泣,一直唏唏嘘嘘地哭,过了一会儿,虽然她已经睡着了,我似乎仍然能听到她在哭,而且还闻到了那股气味,虽然我明知自己不可能闻到。我甚至于都拿不准自己能闻到还是不能,或者是不是反正知道那是什么就认为自己能闻得出来。

因此第二天早上我根本没去那儿。我听见他们在套车,接着在我知道他们准是马上要动身的时候,我出了前门沿着路朝桥走去,一直到我听见大车从场院里出来,朝纽霍普方向折了回去。这时我回进屋子,雷切尔又冲我跳了起来,因为我没有到谷仓去请他们进屋来吃早饭。女人家的事儿真是捉摸不透。你刚弄清楚她们肚子里是这个意思,你马上就得来个一百八十度的大转弯,而且还得认为自己真该挨顿鞭子,怎么方才居然会有那样的想法的。

可是我仍然觉得我能闻到那股味道。因此我断定那不是有臭味,而是我知道它在那里待过所以才觉得有,人不是常常这样受到愚弄的吗?可是当我走近谷仓的时候就知道不对头了。我走进门厅时看见一样东西。我进去时它好像弓着身子,我起先还以为他们中的哪一位留下来没走呢,接着我就看清那是什么了。那是一只秃鹰。它扭过头来看见我就顺着门厅往外走,叉开了腿,羽毛有点奓着,先从一边的肩膀上扭过头来瞅我,接着又从另一边瞅,活像一个秃老头。它出了门就开始飞。飞了好一会儿才升到空中,空气阴沉、重浊,像是饱含着雨意。

要是他们坚决要去杰弗生，我琢磨他们非得绕弗农山[1]不可了，就像麦卡勒姆那样。他大概后天可以到家，他还是骑着马的。那样他们离城只有十八英里了。可是也许这座桥也会给冲走，让他明白这是上帝的意旨和决定。

那个麦卡勒姆。他跟我断断续续做买卖都有十二年了。他从小我就认得他，熟悉他的姓氏就跟那是我自己的姓氏似的。可是天哪我却一下子怎么也说不出他的姓氏来。

① 市镇名。离杰弗生十八英里。

# 杜威·德尔

路牌看得见了。它现在直愣愣地瞪着大路,因为它等得起。纽霍普[1],三英里。它准是那么说。纽霍普,三英里。纽霍普,三英里。接着就是大路的开端,弯弯曲曲地钻进树林,空荡荡的,在等待,上面说纽霍普三英里。

我听说我妈死了。我希望我有时间让她死。我希望我有时间希望我有。因为在这片野蛮的被蹂躏的土地上什么都太快太快太快。倒不是我不愿意和不想而是什么都太快太快太快。

现在它开始显示了。纽霍普三英里。纽霍普三英里。*这就是人们所说的时间的孕育阶段了:扩张的骨架的痛苦与失望,那个硬硬的骨盆带里面卧着事情的被蹂躏的内脏* 我们走近时卡什的脑袋慢慢地扭了过去,他那苍白茫然悲哀矜持而疑问的脸随着红色空旷的拐弯而扭动。在后轮旁边朱厄尔骑在马上,朝正前方凝望。

田野从达尔的眼睛里逸了出去,他那两只眼睛游动着集中到一个点上。它们先盯住我的脚然后沿着我的身体升上来盯着我的脸,这时我的衣服没有了:我赤条条地,在不紧不慢走着的骡子后面的座位上坐

---

① 见21页注释。

着,坐在分娩的阵痛上。我要不要叫他把头转开去。我说了他会照着做的。你难道不知道他会按我的吩咐去做的吗?有一次一股黑色空空的东西从我下面冲出去使我醒了过来。我看不见。我只看见瓦达曼站起来走到窗前把刀子刺进鱼,血冲了出来,像一股气似的发出咝咝声,可是我看不见。他会按我的吩咐去做的。他一直是这样的。我能说服他去做任何事情。你知道我是能够的。我要不要说在这里拐弯呢。那是我那回死过去的事。我要不要说呢。那样我们就可以去纽霍普。我们用不着进城了。我站起身从喷血的还在咝咝响的鱼身上拔出刀子,我杀死了达尔。

早先我和瓦达曼一块睡的时候有一次我做了一个噩梦我想我是醒着的可是我看不见也感觉不出来我感觉不出我身子下面的床我也想不起来我曾是什么我想不起我叫什么名字我甚至也想不起我是个女孩我连想都不会想了我而且也不会想我要醒来也不记得和醒相对立的是什么倘若那样我也知道该干什么我只知道有一样东西经过可是我连时间这件事儿也想不起来接着突然之间我知道那东西了那是风吹遍了我全身好像是风来了把我吹回它来自的地方我没有吹那房间这时候瓦达曼熟睡着一切都回到我身子底下并且继续进行像一块凉飕飕的丝绸从我光赤赤的大腿上拖了过去

凉飕飕的风从松林里吹出来,发出一种悲哀、不停顿的声音。纽霍普。方才是三英里。方才是三英里。我相信上帝我相信上帝。

"咱们方才干吗不去纽霍普,爹?"瓦达曼问,"萨姆森先生说咱们该去那儿,可是咱们已经过了那个路口了。"

达尔说:"瞧啊,朱厄尔。"可是他并没有瞧我。他在看天空。秃鹰一动不动就仿佛是钉在空中似的。

我们拐上了塔尔家的小路。我们经过谷仓继续往前走,轱辘在湿泥中嗞嗞作响,经过了田野中的一排排绿油油的棉花,弗农小小的人影在地块那边扶着犁。我们经过时他举起了一只手,对着我们的背影看了很久。

“瞧啊,朱厄尔。”达尔说。朱厄尔坐在他的马上,好像人和马都是木头雕的,他直直地盯着正前方。

我相信上帝,上帝啊。上帝啊,我相信上帝。

# 塔 尔

他们经过之后我把骡子牵出来，把挽绳绕起来打上结，便跟了上去。他们都在坡道[1]的末端，坐在大车里。安斯坐在那里，看着已经陷到河里去的那座桥，如今只有两头还露出水面。他直瞪瞪地望着它，好像他一直认为人们说桥不在了都是骗他，不过又像他心里一直希望桥确实是给冲走了。他穿着星期天才穿的好裤子，嘴里嘟哝着，看上去是既吃惊却又有点高兴。蛮像一匹没有梳刷过却给打扮得花花绿绿的马。唉，谁说得清呢。

那个小男孩瞅着那座中间陷下去，上面漂着些圆木和乱七八糟东西的桥，这座桥松松垮垮、颤颤巍巍，像是随时都会哗的一声全部坍塌，他瞪大了眼睛瞅着它，仿佛在看马戏。那个丫头也在看。我走近时她抬起眼来打量我，她的眼睛亮了起来，接着又变得冷冰冰的，好像我要碰她似的，接着她又去看安斯，然后把眼光转回到河水那儿。

两岸的河水都涨得几乎跟坡道一般高了，地都淹没在水里，除了我们脚底下舌头一样伸到桥上然后没入水里的那一小块土地。若不是熟谙路和桥早先是怎么样的，你简直说不出哪儿是河哪儿是岸。光是乱

---

① 指为上桥垫高的土路。

七八糟黄黄的一大片，坡道简直比刀背宽不了多少，我们坐在马车里，骑在马背上和骡背上，都挤在这坡道上面。

达尔在看着我，接着卡什扭过头来看我，用的眼光就跟那天晚上他打量木板是否适合她的尺寸时一样，好像他心里在量它们的长短根本不问你有什么想法，而且要是你真的说了他甚至也不装出他在听，虽然他好歹还是在听。朱厄尔没有动，他坐在马上，稍稍前倾，脸上的表情就跟昨天他和达尔经过我那儿回自己家去运她的灵柩时一样。

“如果光是水涨高了，咱们还是可以把大车赶过去的，”安斯说，“咱们可以对准了赶过去。”

有时候一根木头会从挤紧的地方挣脱，继续往前漂去，一面旋转翻滚，我们可以看到它漂到原来是浅滩的地方。它会减慢速度，斜横着翻身，片刻之间杵出在水面上，这就告诉我们浅滩原来是在这里了。

“可是这也不说明什么呀，”我说，“那儿也可能是堆积起来的一溜儿流沙。”我们看着那根木头。这时候那丫头又盯着我看。

“惠特菲尔德先生也过去了。”她说。

“他是骑着马过去的，”我说，“而且又是在三天之前。从那时候起河水又涨高了五英尺。”

“要是桥露出在水面就好了。”安斯说。

那根木头往上蹿了一下接着又往前漂了。水面上有许多垃圾和泡沫，水声充耳可闻。

“可是它没到水里去了。”安斯说。

卡什说：“要是小心点还是可以踩着木板和圆木走过去的。”

“可是那就什么也不能带，”我说，“很可能等你一踩上去，整座桥一下子全垮了。你说呢，达尔？”

他盯着我看。他什么也没有说，仅仅是用两只招人议论的古怪的眼睛盯着我。我一直认为让人发怵的倒不是他干了什么说了什么，而是他盯着你的那股神情。仿佛是他把你的五脏六腑都看透了。仿佛是不知怎的从他那两只眼睛里你都可以看见你自己和你的所作所为。这时我又感觉到那丫头在瞅着我，仿佛我有意思要碰她似的。她对安斯嘟哝了一句。"……惠特菲尔德先生……"她说。

"我是在上帝面前向她许下了诺言的，"安斯说，"我估摸没有必要担心过不去。"

可是他仍然没有催赶那两头骡子。我们待在水边。另一根木头从缠结中脱身，往前漂去，我们看着它在从前的浅滩处停了一会儿，慢慢地转了个身，接着又朝前漂去。

"今天晚上可能下雨，"我说，"你们又得再耽误一天了。"

这时候朱厄尔在马上侧过身来。在这以前他始终没有动，现在他转过身来瞅着我。他的脸青青的，待会儿还会变红然后又发青。"滚回去犁你他妈的地去，"他说，"谁他妈的请你来跟在我们屁股后面的？"

"我可没有恶意呀。"我说。

"住口，朱厄尔。"卡什说。朱厄尔的眼光转回到水面上去，他的脸绷得紧紧的，现在变红了，接着又变青然后又变红。"爹，"过了一会儿卡什说，"你打算怎么办？"

安斯没有搭理。他驼着背，坐在那里，嘴巴里嘟嘟哝哝的。"要是桥露出在水面上，我们就可以开过去了。"他说。

"走吧。"朱厄尔说，驱赶着他的马。

"等一等。"卡什说。他盯看着桥。我们瞅着他，除了安斯和那丫头。他们俩还在看水。"杜威·德尔和瓦达曼还有爹最好是自己走过桥去。"卡什说。

"弗农可以帮他们，"朱厄尔说，"我们再把他的骡子套在我们骡子的前面。”

“你们不能把我的骡子赶到水里去。”我说。

朱厄尔看着我。他的眼睛像一只破盘子的碎片。“我会赔你那头死骡的钱的。我现在就把它从你手里买下来。”

“我的骡子可不到那样的水里去。”我说。

“朱厄尔都准备用他的马了，”达尔说，“你为什么不能让你的骡子冒一下险呢，弗农？”

“别说了，达尔，”卡什说，“你和朱厄尔都不要说了。”

“我的骡可不到那样的水里去。”我说。

# 达　尔

他坐在马上，气鼓鼓地瞪着弗农，他那瘦削的脸上充满怒气，满脸通红，简直要把直僵僵的眼白都染上红丝。他十五岁那年的夏天突然着了睡魔。一天早晨我去喂骡子，那几头母牛还在牛棚里，我听见爹走回到屋子里去叫他。等我们回到屋子去吃早饭时，他从我们身边经过，提了两个牛奶桶，趺趺撞撞好像喝醉了酒。他去挤牛奶。我们把骡子套上犁，到地里去，不等他了。我们在地里干了一小时的活儿还不见他露面。后来杜威·德尔给我们送午饭来，爹就叫她回去找找朱厄尔。他们发现他在牛棚里坐在小板凳上睡着了。

自此以后，每天早上爹都要进屋子去叫醒他。他吃吃晚饭就在桌子旁睡着了，一吃完晚饭就赶紧上床，等我上床的时候他早就像死人那样一动不动了。可是到了早上爹还得叫他起床。他起倒是起来了，可是还跟掉了魂儿似的。爹唠唠叨叨地数落他，他一声不吭地听着，然后提着牛奶桶往牛棚走去。可是有一回我发现他在母牛那儿又睡着了，桶放在那儿，只有半满，他两只手齐腕浸在牛奶里，脑袋靠在牛肚皮上。

从此以后只好让杜威·德尔去挤奶了。爹叫他他倒也总是起床的，别人叫他干什么他就恍恍惚惚地去干。好像也是想努力把事情干好的，好像也是跟别人一样感到抱歉的。

“你是不是病了？”妈说，“你觉得哪儿不舒服吗？”

“没事儿，”朱厄尔说，“我觉得挺好的。”

“他就是懒，是要气我。”爹说，可是朱厄尔光是站在那儿，好像又睡着了。“是不是啊？”爹问，把朱厄尔摇醒好让他回答。

“不是的。”朱厄尔说。

“你今天别干了，在家里歇一天吧。”妈说。

“那整块洼地还没有打理好就想休息？”爹问，“你要是没病，那么到底是怎么一回事呢？”

“没事儿，”朱厄尔说，“我挺好的。”

“好什么？”爹说，“你说话间就要站着睡着了。”

“没有，”朱厄尔说，“我挺好的。”

“我要让他在家里待一天。”妈说。

“我少不了他，”爹说，“我们全都上还感到人手不足呢。”

“你只好和卡什、达尔干多少算多少了，”妈说，“我要让他今天歇一天。”

可是他还不愿意呢。“我挺好的。”他说，又往外走了。然而他还是不对头。谁都能看得出来。他一点点瘦下去，我见到过他锄着锄着就睡着了，眼看那把锄越挥越慢，越挥越慢，弧度也越来越小，越来越小，最后终于停了下来，他支着锄柄在热辣辣的阳光下一动不动地站着。

妈要去请大夫，爹不到万不得已是不愿花这笔钱的，而朱厄尔看上去也没什么了不起的事只是瘦了些另外就是不定什么时候就会睡着。他胃口还不错，就是吃着吃着就会对着自己的碟子打盹，一块面包还露了一半在嘴巴外面，嘴里还在嚼着。可是他坚决说自己没事儿。

是妈让杜威·德尔代替他挤牛奶的，给她点儿好处就是了，家里还有些杂活原来是朱厄尔吃晚饭前干的，妈想法子让杜威·德尔和瓦达曼分着做了。要是爹不在她就自己把它们做了。她还特地做些东西给他吃,还藏藏掖掖的不让别人看见。这可能还是我头一回发现艾迪·本德仑还有要背着人做的事呢,她可是一直教导我们欺诈乃是世界上万恶之首,和它一比,穷困都算不得什么。有时候我进卧室去睡可以看到她坐在黑暗中朱厄尔的身边看他睡觉。我知道她是在恨自己因为有欺诈的行为,也恨朱厄尔因为自己那么爱他竟不由自主地做出了欺诈的行为。

有一天晚上她病了,我到谷仓里去套牲口准备驾车去塔尔家,我竟找不到马灯。我记得昨天晚上还看到是挂在钉子上的,可是半夜起来却不在那儿了。因此我只好摸黑套车上路,天刚亮就接了塔尔太太回来。那盏灯又在了,挂在那根钉子上,我原来记得它在那儿可是方才没有。接着有一天早上日出前杜威·德尔在挤奶,朱厄尔从后面钻墙洞进到谷仓里来,手里提着那盏马灯。

我把这件事告诉卡什,卡什和我互相对看了一眼。

"发情了。"卡什说。

"没错儿,"我说,"可是干吗要那盏灯?而且每天晚上都去。难怪他要掉膘了。你要不要跟他谈谈?"

"不会有什么好处的。"卡什说。

"他现在的这种做法也是不会有什么好处的。"

"我知道。可是得让他自己明白过来才行。给他时间咂摸清得悠着点儿劲,往后去日子还长着呢,这样他就不会出事了。我想我是不会去告诉任何人的。"

"没错儿,"我说,"我已经叫杜威·德尔别说出去。至少不要跟妈说。"

"没错儿。别跟妈说。"

自此以后我觉得这件事怪有趣的:他行动这么恍惚,这么急煎煎的,这么想睡,瘦得像根架豆子的竹竿,还以为自己事情做得很漂亮。我纳闷那丫头是谁。我把所知道的一个个滤了一遍,可是还是拿不准是谁。

“不会是个姑娘,”卡什说,“准是哪儿的一个有夫之妇。年轻姑娘不会这么大胆,也不会这么有耐力。这正是我不喜欢的地方。”

“为什么?”我说,“对他来说,有夫之妇比年轻姑娘更加安全,也更有头脑。”

他看着我,他的眼光游移不定,他想说的词语也显得游移不定。“世界上并不是安全的事情对人……”

“你是说,安全的事情并不一定是最好的事情?”

“是啊,最好的事,”他又在游移不定了,“对他有好处的事并不是最好的事,……一个小青年。一个人总是不喜欢看见……在别人的泥潭里打滚的……”这就是他费了半天劲想要表达的意思。当一样新的东西脱颖而出的时候,总应该要求有比“安全”稍稍高些的境遇吧,因为安全是人们习以为常已经磨掉了棱角的东西,再重复去做并不能使一个人说:这件事可是空前而又绝后的呀。

因此,我们什么也没有说,直到后来都没有说,那时他早上在地里突然钻出来和我们一起干活,时间紧得连家都不回,也不装出在床上睡了一整夜的模样。他会告诉妈妈说他不饿不想吃早饭或是他套牲口时已经塞了片面包在嘴里了。可是卡什和我知道那些天晚上他根本没有在家睡,他是从树林里走出来和我们一起下地的。可是我们什么也没有说。那时夏天快过去了,我们知道等夜晚开始变凉时,要是他还受得了她也要吃不消了。

可是秋天来临夜晚开始变长时,唯一的变化是他又总是睡在床上等爹叫醒他,叫了半天他起来时,还是在那种半白痴的状态中,就跟最初阶段一样,比他彻夜不归的时候还要糟。

“她真不简单哪,”我对卡什说,“我以前是钦佩她,可是我现在对她算是服了。”

“不是什么女人的事。”他说。

“你知道啦,”我说,可是他光是瞅着我,“那么到底是什么呢?”

“这正是我打算要查明的。”他说。

“你要是愿意,可以在林子里盯他一整夜的梢嘛,”我说,“我可不愿这么干。”

“我不是要盯他的梢。”他说。

“那你管那样做叫什么呢?”

“我不要盯他的梢,”他说,“我不是这个意思。”

过了几个夜晚,我听见朱厄尔起来,从窗口爬了出去,接着我又听见卡什起来跟在他的后面。第二天早上我到谷仓去,卡什已经在那里了,骡子喂过了,他正在帮杜威·德尔挤牛奶。我一看见他就明白他已经知道是怎么一回事了。我过不了一会儿便可以看见他用古怪的眼光瞅瞅朱厄尔,好像查明朱厄尔的去向和所作所为之后,他总算有点事可以好好琢磨了。不过那不是担忧的眼光,而是我发现他替朱厄尔做家务事时的那种表情,爹还以为这些活仍然是朱厄尔在做而妈则以为是杜威·德尔在做。因此我也不跟他说什么,相信等他在自己脑子里回味得差不多时自然会告诉我的。可是他一直没说。

有天早晨——那已经是十一月,事情开始的五个月之后了——朱厄尔不在床上,也没有到地里去和我们一起干活。那是妈第一次发现事情有点儿蹊跷。她派瓦达曼到地里来找朱厄尔,过了一会儿她自己来了。好像只要欺骗是静静地、不声不响地在进行,大伙儿便甘愿受骗,而且还帮着隐瞒,也许是由于怯懦,因为所有的人都是懦夫。懦夫自然是宁可选择欺骗的,因为它有一个温和的外表。可是现在好像大家全都——由于有心灵感应不约而同地承认害怕——把整个事情像揭开床上的被子似的揭开来,我们都毫无遮掩地坐得笔直,面面相觑,并且说:“实际情况就是如此。他没有回家。他出了什么事。我们没看住他让他出了问题。”

这时候我们看见他了。他沿着水沟过来,然后转弯穿过田野,骑在马背上。马鬃和马尾在飘动,仿佛这么一动它们是在展示马身上的花斑。朱厄尔像是坐在一只大的纸糊风车上,没有马鞍,只拿着一根绳子权充缰绳,头上也没有戴帽子。那是弗莱姆·斯诺普斯二十五年前从得克萨斯州带回来的那批马的后代,当时他以两块钱一匹卖给大家,唯独只有老朗·奎克把他买的那匹逮住带回了家,他还拥有几匹这种血统的马,因为他始终脱不了手。

他策马飞奔过来,刹住,他的脚跟紧抵马的胁肋,马跳跃旋转,仿佛马鬃、马尾、花斑与内里的骨肉毫不相干似的,而他则坐在马背上,看着我们。

“你这匹马是打哪儿弄来的?”爹问。

“买的,”朱厄尔说,“从奎克先生那儿买来的。”

“买的?”爹说,“拿什么买的?是用我的名义赊账买的吗?”

“用我自己的钱,”朱厄尔说,“我挣来的。你不用为这事担心。”

“朱厄尔,”妈说,“朱厄尔。”

“对的,”卡什说,“钱是他自己挣的。他整治了奎克春上划出来的那四十亩新地。他一个人单独干的,晚上打着灯笼干的。我瞅见的。因此我看这匹马没有花任何别人的钱。我看咱们没啥好担心的。”

“朱厄尔,”妈说,“朱厄尔……”接着她又说,“你马上回家上床睡觉去。”

“还不行呢，”朱厄尔说，“我没空。我还少一副马鞍一副笼头呢。奎克先生说他……”

“朱厄尔，”妈说，眼睛直直地盯着他，“我会给——我会给……给……”接着她哭起来了。她哭得很伤心，没有掩住自己的脸，穿着她那件褪了颜色的便袍站在那里，直直地盯着他，而他则坐在马上，朝下看着她，脸色变得冷酷起来，而且还带点病容，最后他急促地把眼光转开去，这时候卡什走上来碰了碰妈妈。

“您回屋里去吧，”卡什说，“这儿的地太湿，对您身体不好。您现在回去吧。”她这时才把双手按在脸上，过了一会儿她往回走了，在犁沟上有点蹒跚地走着。可是很快她就挺直了身子朝前走去。她没有回过头来。在走到地沟的时候她停了下来叫瓦达曼。瓦达曼正在看马呢，在马的身边跳跳蹦蹦。

“让我骑，朱厄尔，”他说，“让我骑呀，朱厄尔。”

朱厄尔瞅瞅他，又把眼光转了开去，他把缰绳往后拿。爹看着他，嘴唇在努动。

“这么说你买了一匹马，”他说，“你背着我去买了一匹马。你压根儿不和我商量，你也知道咱们日子过得多么紧巴。可你却去买了一匹马来让我给喂。从自己家里偷了工省出了时间，拿这个来买马。”

朱厄尔看着爹，他的眼睛显得比平时更加冷峻了。“它一口草料也不会吃你的，”他说，“一口也不会的。它要是吃我先宰了它。你大可不必担心。大可不必担心。”

“让我骑呀，朱厄尔，”瓦达曼说，“让我骑呀，朱厄尔。”他的声音听上去像是草丛里的一只蛐蛐，一只小小的蛐蛐。“让我骑呀，朱厄尔。”

那天晚上我看见妈在黑暗中坐在朱厄尔所睡的床边。她哭得很伤心，也许是因为她怕哭出声音来，也许是因为她对流泪有着和对欺诈同样的看法。她恨自己流泪，也恨他，因为他使自己不得不流泪。到这时，我才知道我明白了[①]。我那天才知道得清清楚楚，就跟早先的那天对杜威·德尔的事情知道得清清楚楚一样。

---

① 指艾迪·本德仑对朱厄尔具有特殊感情的原因。详见第139~145页艾迪的内心独白。

# 塔 尔

他们终于让安斯说出他打算怎么干了，于是他和那姑娘还有小家伙都从大车上爬下来。可是就在我们上了桥之后，安斯还不断回过头去看，好像是在想，说不定他下了大车，整个事件就会爆炸，他会发现自己又回到那片地里，而她仍然躺在屋子里等死，一切又会重新来过。

“你应该让他们套上你的那头骡子的。”他说，桥在我们脚底下摇摇晃晃，一头扎进汹涌的水中，好像一直插到地球的另一端，而从河对岸露出水面的桥像是截然不同的另一座桥，谁从水里走上那边的桥准是从地心走出来的。可是这桥仍然是个整体，因为这一头摇晃时，那一头看来像是岿然不动：仅仅是对岸以及那边的树在一摇一摆，慢悠悠的像是一只大钟的钟摆。一些木头在桥下陷处刮擦、碰撞，一头翘了起来，跃出水面，然后落到浅滩那儿，等待着，闪光，打旋，冒出了泡沫。

“那样做又有什么好处呢？”我说，“要是你的那对牲口不能找到浅滩把大车拉过去，就是再加一头甚至十头一起拉又有什么用呢？”

“我不是要你这样做，”他说，“我总是能照料好自己和自己一家人的。我并不要求你拿出骡子来冒险。死去的不是你的亲人，我不怪你。”

“他们应该先退回来等到明天再说。”我说。水凉森森的。很稠，像半冻结的雪水。只不过它像是有生命的。你心里的一个部分知道它无非就是水,跟很久以来在这同一座桥底下流过去的水没有什么不同,甚至当一根根木头蹿出水面时,你也不感到吃惊,好像它们也是河水的一部分,是等待与威胁的一部分。

叫我感到吃惊的倒是我们居然过了河,居然从水里再次走了出来重新踩在坚实的土地上。好像是我们根本没有料到桥会延伸到对面岸上,延伸到坚实的土地那样听话的东西上似的,而这片土地又是我们以前经常踩踏,非常熟悉的。好像是站在这里的根本不可能是我,因为我没有那么笨绝对不会去做方才做过的事。我回过头去,看见了河对岸,也看见了我的骡子站在我方才站的地方也是我好歹要想法子回去的地方,我知道这是不可能的,因为我想不出有什么能使我从那座桥上走过来,哪怕只走一次。然而我的的确确是在这里,不过能说服自己过两次河的那个人绝对不可能是我,哪怕是科拉下命令让这么干。

碰碰我的是那个小男孩。我说:"嗨,你最好拉住我的手。"他等了一会儿,然后拉住了我的手。我敢说他是退回来找我的,他仿佛是在说,放心好了,不会让你出事儿的。好像是他在说他知道有一个好地方,那里一年过两回圣诞节,从感恩节起就过而且过一整个冬天再过到春天和夏天,只要我和他在一起我是会平安无事的。

我扭过头去看看我的骡子,好像它是一副小望远镜,我看着它站在那里,就犹如看见了我全部的广阔的土地以及流汗换来的房子,好像是汗流得越多,土地也就越广阔;汗流得越多,房子也更加牢固,因为若想拢住科拉是需要有一幢牢固的房子的,这样就可以把科拉藏起来,犹如在冰冷的泉水里镇上一壶牛奶似的:你得有一个结实的牛奶壶或者是你需要有一股流得很急的泉水。如果你有了一股充沛的泉水,那么你必定会受到刺激,要弄到结实的、做工讲究的牛奶壶。因为不管酸还是不酸,那都是你的牛奶,因为你是宁愿要会变酸的牛奶也不要不会变酸的牛奶的,因为你是个男子汉嘛。

他捏着我的手,他的手热烘烘的,对我很有信心,因此我很想说:瞧啊,你看得见对岸的那头骡子吗?它上这边来没什么可干的,所以它就不来了,倒不是因为它仅仅是一头骡子。因为一个人有时也能看出来孩子们比他自己更有见识。可是他在孩子们没有长出胡子之前又不愿向他们承认。可是等他们胡子长出来之后,他们又忙忙碌碌,因为他们不知道他们是不是能回到他们长胡子前的那个有头脑的阶段去,于是你也不在乎对那些人承认了,那些人为你自己正在担忧的同一个不值得担忧的问题担忧。

这时我们渡过了河站在那里,看着卡什在掉转大车。我们望着他们赶着大车往回走,朝路拐进洼地的方向赶。过了一会儿大车也看不见了。

“我们最好还是下到浅滩那里去准备帮忙。”我说。

“我给她许下诺言了,”安斯说,“这对我来说是件神圣的事。我知道这么做你不高兴,可是她在天上会祝福你的。”

“哼,他们可别再在地上兜圈子了,否则他们要更加不敢下水了,”我说,“来吧。”

“半路回头,”他说,“半路回头是不吉利的。”

他站在那里,驼着背,好不伤心,望着松松垮垮、摇摇晃晃的桥那边的空空荡荡的大路。还有那个姑娘,一只胳膊挎着午餐篮子,另一只胳膊夹着那个包裹。一心想进城呢。急煎煎的要进城。仅仅为了吃一纸袋香蕉,他们甘愿跋山涉水,赴汤蹈火。“你们应该再等一天的,”我说,“到明天早晨水多少会落下去一些。今儿晚上可能不下雨。河水不会涨得更高的。”

“我许下诺言了,”他说,“她正指望着这件事呢。”

# 达　尔

在我们前面深色的浊流滚滚向前。它仰起了脸在跟我们喃喃而语呢。这说话声嘁嘁喳喳绵延不绝,黄色的水面上巨大的漩涡化解开来,顺着水面往下流动了一会儿,静静的,转瞬即逝,意味深长,好像就在水面底下有一样巨大的有生命的东西从浅睡中苏醒过来片刻——那是懒洋洋的警觉的片刻——紧接着又睡着了。

河水在车辐和骡子的膝间汩汩地淙淙流过,色泽黄浊,漂浮着垃圾和稠厚的泡沫,仿佛它像一匹被驱赶得很辛苦的马一样,也是会流汗和冒泡沫的。在穿过灌木丛时河水发出了一种幽怨、沉思的声音,松开的蔓藤和小树斜立在水里,就像后面有一股小风在吹,摇摇晃晃的却没有倒影,仿佛上面树枝上有看不见的线在牵动。一切都矗立在动荡不定的水面上——树、芦苇和蔓藤——没有根,与土地隔断,周围是一片广漠却又隔绝的荒凉,显得鬼气森森,空气中响彻着白白流过去的哀怨的水声。

卡什和我坐在大车里,朱厄尔在右后轱辘边骑在马背上。马儿在打颤,眼球激烈地滚动着,在粉红色狭长的脸上显得嫩蓝嫩蓝的,马的呼吸呼噜呼噜的,像是在打鼾。朱厄尔坐得笔直,随时准备动身,静静地、沉着地、迅速地朝左看看,又朝右看看,他面容镇定,有点苍白,很警觉。卡什的脸也很庄严矜持，他和我对看了一会儿，用的是长时间的、探索性的眼光，那种眼光能毫无阻碍地穿透对方的眼睛直趋最隐秘的深处，片刻之间，卡什和达尔都蹲伏在这幽深的地方，恶狠狠的，毫不腼腆，在那古老的恐惧与古老的对凶兆的预感中，机警、隐秘、没有羞耻感。可是我们开口说话时，我们的声音是平静与冷漠的。

"我看我们仍然是在大路上，肯定是的。"

"塔尔曾经私自砍倒了两棵大白橡树。我听说以前发大水时，人们总是用这些树来辨认浅滩的位置。"

"我想他是两年前干的，当时他在这里砍树。我想他根本没料到以后还会有人要涉滩过河。"

"肯定没料到。是的，准是那时候干的。当时他可私砍了不少木料。我还听说他用这笔钱还清了抵押欠的债呢。"

"是的。是的，我想是的。我琢磨这样的事弗农是做得出来的。"

"本来就是真的嘛。在这一带砍树的人，大多数都需要有一个成功的农场来对付锯木场的开销。要不就是有一家铺子。不过我看这样的事弗农是做得出来的。"

"我想是的。他也真是够瞧的。"

"嗯。弗农是够瞧的。是的，这儿准还是路。要是他没有把那条老路整治好，他是没法子把那些木材运出去的。我看咱们仍然是在路上。"他安静地朝四下里看看，看看树木的位置，身子往这边斜斜，往那边歪歪，扭过头去顺着没有底部的路看过去，这条路形状不定，悬浮在半空中，由被砍伐被放倒的树的位置来确定，仿佛这条路被水一泡，泥土都漂走了，因此浮了起来，那幽灵般的痕迹留下了一座墓碑，那是纪念一种更深沉的苍凉的，比我们坐在上面静静地谈论着昔日的秘密昔日的琐事的苍凉可要深沉得多。朱厄尔看看他，接着又看看我，然后他的表情又收了回去，回到对周围景色的安静、持久的探询上去，那匹马在他的双膝底下静静地、不停顿地打着颤。

“他可以慢慢地在前面探路。”我说。

“是的。”卡什说，没有看我。他朝前看朱厄尔一点点摸索前进，脸部成了一个侧影。

“他不可能找不到河的，”我说，“他只要在五十码之外看到它就不会找不到它的。”

卡什没有看我，他的脸是一个侧影。“要是我早就料到会有今天，我上星期本来是可以上这儿来看一看地形的。”

“那会儿桥还在。”我说。他没有看我。“惠特菲尔德还骑了马过桥的呢。”

朱厄尔又看看我们，他的神情冷静、警觉而有节制。他的声音很平静。“你们要我干什么？”

“我上星期应该来看一看地形的。”卡什说。

“我们当时不可能知道，”我说，“我们根本没有办法知道。”

“我在前面骑，”朱厄尔说，“你们跟着我走。”他扯了一下马。马退缩着，低下了头。他靠到马身上，跟它说话，让马儿几乎整个身子都仰了起来，它放下脚时很谨慎，仅仅溅起一些泥水，它身子打着颤，鼻息粗重。朱厄尔跟它说话，很轻柔。“走吧，”他说，“我绝对不会伤害你的。走吧，快点。”

“朱厄尔。”卡什说。朱厄尔没有回头。他扯扯马儿让它往前走。

“朱厄尔倒是会凫水的，”我说，“要是他能让马儿慢慢适应就好了，反正……”他生下来的时候可真受了不少罪。妈总是坐在灯光底下，把他放在膝上的一个枕头上。我们睡梦中醒来常常看到她这样。她和他倒是一点儿声音也没有。

“那个枕头比他整个人还长一些。”卡什说。他身子稍稍朝前伛。“我上星期应该来看看地形的。这件事我是应该做的。”

“一点不错，”我说，“他的脚也好头也好都够不着枕头边。你上星期不可能知道。”我说。

“这件事我是应该做的。”他说。他扯了扯缰绳。两头骡子动了，走进了朱厄尔留下的痕迹，车轮在水里发出了挺有生气的咕咕声。他回过头来看了看艾迪。“棺材放得不稳。”他说。

终于，树木变得稀疏了，朱厄尔在开阔的河里骑在马上，半侧着身，马肚子已经陷在水里了。我们可以看见弗农、爹和瓦达曼还有杜威·德尔在河对岸。弗农向我们挥手，示意我们再往下游一些。

“我们这里水太深了。”卡什说。弗农也在嚷嚷，可是我们听不见他说什么，水声太吵了。现在河水流得平稳而深沉，没有受到阻拦，几乎不给人以在流动的感觉，直到一根木头漂来，慢吞吞地旋转，才打破了这样的感觉。“你看呀。”卡什说。我们瞧着木头，看见它踟蹰不前，悬浮了好一会儿，水流在它后面聚积成一道厚厚的浪，把它压到水里去，片刻之后才又蹿出来，翻滚着往前漂去。

“它到那儿去了。”我说。

“是的，”卡什说，“到那儿去了。”我们又看看弗农。他现在一上一下地摆动两只胳膊。我们往下游移动，走得很慢，很小心，一边望着弗农。他把双手垂下。“就在这儿过吧。”卡什说。

“唉，真他妈的，那就过河吧。”朱厄尔说。他催马前进。

“你等一等。”卡什说。朱厄尔又停了下来。

“唉，老天爷——”他说。卡什看了看水，接着又扭过头去看了看艾迪。“棺材没有放稳呢。”他说。

“那你回到那座破桥上去，走过去好了，”朱厄尔说，“你和达尔都走过去。让我来赶大车。”

卡什压根儿没理他。“棺材放得不稳,”他说,“是的,哥儿们。咱们得瞅着点儿。”

“那就好好瞅着吧,”朱厄尔说,“你们下车,让我来赶。天哪,要是你们不敢赶车过河……”在他脸上,两只眼睛发白,很像两片涂成白色的木片。卡什盯着他看。

“我们会把它弄过河去的,”卡什说,“我告诉你该怎么干。你骑回去从桥上走过去,再从对岸走过来,拿根绳子来接我们。弗农会把你的马带到他家给你看好的,我们回来的时候再把马儿带走。”

“去你的吧。”朱厄尔说。

“你带了绳子从对岸下河接我们,”卡什说,“三个人干活还不如两个人——一个人赶车一个人扶稳,这就行了。”

“去你的吧。”朱厄尔说。

“让朱厄尔拿着绳子的一头从上游那儿过河去在对面斜着拉,”我说,“你这样干,行不行,朱厄尔?”

朱厄尔恶狠狠地看着我们。他急急地看了卡什一眼,又转过来看我,他的眼光是警惕和恶狠狠的。“只要是真正做一些实际的事情,我倒不在乎。像现在这样光是坐着,胳膊也不抬一下……”

“那就这样干吧,卡什。”我说。

“我看也只好这样了。”卡什说。

河本身还不到一百码宽。我们眼睛里看到的只有爹、弗农、瓦达曼和杜威·德尔是唯一不属于那片荒凉、单调的景色的活物。这片景色有点从右朝左倾斜,让人害怕,仿佛我们来到的这个荒芜的世界正在加速运动,差一点就要掉到万劫不复的悬崖底下去。可是对岸的那些人都显小了。好像我们之间的空间其实是时间,是一种一去不复返的东西。好像时间不再是笔直地跑在我们前面的一条越来越短的线，而是变成了平行地奔跑在我们两拨人之间的一条环状的带子，距离是这条线的加速增长，而不是两者之间的空当。两头骡子站在水里，它们的前腿已经稍稍倾斜，后臀抬高；它们的鼻息现在也带上深沉的呻吟声；它们扭过头来看了一眼，眼光扫过我们时带着一种狂乱、悲哀、深沉和失望的神情，好像它们已经看到稠重的水里有着灾难的阴影，它们说不出来，而我们却是看不见。

卡什回到大车上来。他用双手平按住艾迪，轻轻地摇了摇。他的脸沉着，往下耷拉，显得若有所思，心事重重。他抬起他的工具箱，把它往前推塞到座位底下；我们合力把艾迪朝前推，让它挤在工具箱与大车座架之间。接着卡什看着我。

"不行，"我说，"我寻思我得留在这儿。没准得两个人一起对付。"

他从工具箱里取出他那盘卷好的绳子，让绳子的一头在座位柱子上绕了两圈，没有打结，把绳子的一头交给我。另一头他拿去给朱厄尔，朱厄尔在马鞍的角上缠了一圈。

朱厄尔必须得硬逼他的马儿走进水流。它移动了，膝盖举得高高的，脖子弯着，一副厌烦生气的样子。朱厄尔坐在马背上稍稍前倾，他的膝盖也稍稍抬起，再次用他那警觉、镇定的目光迅速地扫了我们一眼，接着又朝前看。他催逼马儿往下走，进入水流，一边轻声地说话抚慰它。马儿打了一下滑，水一直没到马鞍，它又在水浪的冲击中站稳，水流在朱厄尔的大腿处翻涌。

"你自己小心点儿。"卡什说。

"我现在来到浅滩上了，"朱厄尔说，"你们现在可以往前走了。"

卡什拿着缰绳，小心翼翼、很有技巧地让骡子进入水流。

我那时感到水流在冲击着我们，我由此知道我们是在浅滩上，因为只有经由这种滑溜溜的接触我们才能搞清楚我们是不是在前进。从前平坦的地方现在变成了一连串的洼坑和小土包，在我们脚底下升高和降低，推挤着我们，偶尔脚底下出现一点点坚实的土地，那也无济于事，那种轻飘飘懒洋洋的接触是对我们的一种嘲弄。卡什扭过头来看看我，这时我就知道我们不行了。可是直到我看见那根圆木我才明白绳子是起什么作用的。圆木从水里冒出来，有好一会儿像基督①似的直立在汹涌起伏的荒凉的波浪上面。快下车让水流把你漂到河弯那里去，卡什说，你可以没有危险。不，我说，那样做我也会像现在一样一身湿的。

那根圆木突然出现在两个浪峰之间，好像是突然从河底蹿出来的。木头的尾端上拖着一长条泡沫，像是老人的或山羊的胡子。卡什和我说话时我知道他一直在注意那根圆木，一面看着圆木一面看着十英尺前面的朱厄尔。"放绳子。"他说。他另外那只手往下摸索把绕在座柱上的两圈绳子解下来。"往前骑，朱厄尔，"他说，"看你能不能把我们往前拉，好躲开那根圆木。"

朱厄尔对着马儿大叫，他又一次像是把马儿在两膝之间提了起来。他正好是在浅滩的高处，而那匹马也踩在一个比较硬实的地方，因为它朝前冲了一下，湿漉漉的身子一半露出在水面上，闪闪发亮，它接连不断地往前冲。它速度快得令人难以置信。朱厄尔也因此终于明白绳子已经松开了，因为我看见他一下下地勒紧缰绳让马退回来，他的头往后扭，这时圆木一头朝上慢腾腾地朝我们冲过来，正好压在那两头骡子身上。骡子也看见圆木了，有一阵子它们身子黑油油地露出在水面上。接着靠下游的那头骡子不见了，把另外那头也拖进水去。大车横斜了

① 据《圣经·新约·马太福音》第14章第25到27节，基督曾在海面上行走。

过来，在浅滩高处站不大稳，就在这时圆木撞了过来，使大车一头翘起继续往前漂。卡什半转过身子，缰绳在他手上绷得紧紧的接着又滑进水里去了，他另外那只手往后伸按住艾迪，使劲往大车高出水面的一边推。“快跳车，”他平静地说，“离开骡子远一点，不要逆水游。水流会把你安全地送到河弯去的。”

“你也来呀。”我说。弗农和瓦达曼在沿着河堤奔跑，爹和杜威·德尔站在那儿看我们，杜威·德尔手里还挎着篮子和包裹。朱厄尔在使劲让马退回来。一头骡子的脑袋在水面上露了出来，眼睛睁得大大的，它扭过头来看了我们一会儿，发出了一下几乎像是人的声音。这脑袋随着又消失了。

“往后退，朱厄尔，”卡什叫道，“往后退，朱厄尔。”下一分钟我看见他背靠在翘起来的大车上，手朝后去按住艾迪和他的工具；我看见那仰起的圆木的有枝条的一端又撞击了一下，圆木后面朱厄尔扯得马儿仰立了起来，它的脑袋扭了过来，朱厄尔用拳头捶打着马头。我跳离大车，朝下游的那边跳进水里。我又一次看见两头骡子出现在两个波峰之间。它们一头接一头地在水上翻滚，四脚朝天，直僵僵地叉开着，它们跟土地失去联系时姿势就是这样的。

# 瓦达曼

卡什使劲地挡可是她掉到水里去了达尔一跳跳进了水他沉了下去卡什大叫想拉住她我也大叫边跑边叫杜威·德尔又冲着我叫瓦达曼喂瓦达曼喂瓦达曼这时候弗农超过了我因为他正看见她浮了上来她又蹦了一下没进水中达尔仍然没能把她抓住

他冒出水面想看看清楚我嚷道抓住她达尔快抓住她可是他没有游回来她太沉了他得一次又一次地去抓她我又嚷道抓住她呀达尔快抓住她达尔在水里她比男人游得还要快达尔是必须要在水里摸着把她抓住的因此我知道他能把她抓住因为他摸鱼可算得上是把好手虽说两头骡子现在又挡在前面了它们现在浮了起来腿脚直僵僵的又翻滚着沉了下去现在它们背部朝天达尔不得不又试了一次因为在水里她漂流得比一个男人或一个女人都快我跑到了弗农的前面他不愿下水去帮达尔的忙他不愿和达尔一起把她抓住他知道的可是他不肯帮忙

骡子又冒出水面它们的腿脚直僵僵地冒出水面它们的直僵僵的腿脚在慢腾腾地翻滚这时候达尔又出现了于是我嚷道抓住她呀达尔抓住她把她推到堤岸边上来可是弗农不肯帮忙于是达尔在可以躲的地方尽量躲开那两头骡子他在水底下抓住了她在朝岸边游过来了游得很慢因为在水里她还使劲要往深的地方钻可是达尔很有劲儿他慢慢地游过来

了于是我知道他抓住她了因为他在慢慢地游过来我冲下去跑到水里去帮忙我不想叫可是怎么也止不住因为达尔很有劲儿一点也不放松在水底下抓住她虽然她想挣脱他不让她溜掉他正在看我他不会放松的现在成了现在成了成了

这时候他从水里爬了出来。他慢腾腾地走了很长的一段路可是他的手却没有露出水面可是他准是带着她的准是的这样我才受得了。这时他两只手露出来了他整个人露出水面了。我止不住自己的叫唤。我顾不上抑制自己。我如果做得到我是会使劲儿抑制的可是他那两只手空空的从水面出来了水从他手里流走流得空空的

"妈在哪儿,达尔?"我问,"你始终没有抓住她。你知道她是一条鱼可是你放走了她。你始终没有抓住她。达尔。达尔。达尔。"我开始沿着堤岸奔跑,看着骡子慢慢地再次浮起来然后又沉下去。

# 塔　尔

我告诉科拉达尔如何跳出大车，让卡什一个人坐在里面想法子保住棺材，后来大车翻了，快到岸边的朱厄尔又硬逼着他的马退回去，马儿倒是挺有见识的不愿回去，这时候，科拉说："你跟别人一样，说达尔古怪，不聪明，可是他是他们当中唯一有头脑，知道该跳车的人。我知道安斯太精了，连坐都不愿坐上去。"

"他就是在车上也帮不了什么忙，"我说，"他们本来挺顺利的，差一点就过去了，要不是漂来那根圆木的话。"

"圆木，废话，"科拉说，"那是上帝的手。"

"那你怎么能说他们傻呢？"我说，"没有人能抵抗上帝的手。想抵抗都是亵渎神灵。"

"那怎么又去抵抗呢？"科拉说，"你倒说说这是怎么一回事。"

"安斯并没有抵抗，"我说，"你骂他也就是为了这一点。"

"他的职责是待在车上，"科拉说，"如果他是个男子汉，他就应该待在车上，而不应该让他的儿子去做他自己不敢做的事。"

"那我就不明白你到底要什么了，"我说，"前一分钟你说他们要把棺材运过河去是违抗上帝的旨意，可是后一分钟你又大骂安斯说他不和儿子待在一起。"这时候她又唱起圣诗来了，还一面在洗衣桶边上干活，唱歌的那副表情就好像她已经和人类以及他们所有的愚蠢行为划清了界线，她已经走在他们的前面，一面唱着圣诗，一面在朝天国挺进了。

大车撑持了好一阵子，水流一直在它下面积聚汹涌，把它冲离浅滩，卡什的身子越来越斜，拼命抵住棺材不让它滑下来使大车整个儿翻过来。一等大车彻底翻倒，水流自己能对付它时，圆木就漂到前面去了。它一头朝着大车绕了一圈就彻底离开它了，那做法很像一个游泳者。真像它是被派到这儿来完成一个任务的。事情一做完，它就走了。

两头骡子终于踢开羁绊漂走了，有那么一瞬间，看上去似乎卡什能把大车扳回来。他和大车好像都一点也没动，仅仅是朱厄尔在催逼他的马走回到大车跟前去。这时候小家伙跑到我前面去了，一面跑一面对着达尔大声叫嚷，而那个姑娘又想抓住他，接着我看见那对骡子缓缓地翻滚着露出水面，腿脚直僵僵地叉开，好像它们方才是在四脚朝天走着走着突然撑住不走似的，片刻之后它们又翻过身来没入水里。

大车终于翻了，于是车子、朱厄尔和马乱成了一团。还在抱住棺材的卡什忽然不见了，接着我什么也看不清了因为那匹马在乱踢乱蹬，弄得水花四溅。我还以为卡什那时已经放弃原来的打算正在泅水去抢救棺材，于是我对着朱厄尔大叫，让他回来，可是突然之间他和那匹马也沉到水里去了，我寻思他们都给冲走了呢。我知道那匹马也是给拖离了浅滩，有了那匹快淹死的发疯的马，再加上那辆大车和失去了控制的棺材，情况够呛。于是我在那里，站在没膝的水里，对着站在我后面的安斯嚷道："现在看见你干了什么好事了吧？现在看见你干了什么好事了吧？"

马儿又站起来了。它现在正朝岸边走去，头一甩，仰得高高的，这时我看见他们中的一个在下游那边抓住了马鞍，因此我开始沿着堤岸奔跑，想找到卡什，因为他不会游泳，我对着朱厄尔大叫大嚷，问他卡什在哪儿，我的样子真像个大傻瓜，就跟堤岸下面的那个小家伙一样傻，他仍然在对着达尔大叫大嚷呢。

我往下走了几步，进到水里，这样反倒可以依靠湿泥的支撑站稳脚跟，这时我看见朱厄尔了。他半个身子浸在水里，于是我知道他总算是站在浅滩上，他正伛着身子吃力地逆着水流走，这时候我看见那根绳子了，接着我又看见浪头在他拖着的卡在浅滩底下的大车边上积聚。

这样看来攥住马的是卡什了，马儿弄得河水四溅，它挣扎着爬上堤岸，它又是呻吟，又是叹气，跟一个大活人似的。我走到它跟前时它正把抓住马鞍的卡什踢开。卡什滑回到水里去时，脸朝天仰起了一下。那张脸灰溜溜的，眼睛闭着，脸上横着长长一道污泥。接着他松开手翻身跌进水里。他看上去就像是一包靠在岸边一上一下洗涮着的旧衣服。他脸朝下躺在水里，身子一晃一晃的，看上去像是在瞅水底的什么东西。

我们可以看见绳子切入水中，我们可以感觉到大车的重量像是在懒洋洋地撞过来，好像它是巴不得要撞过来似的，而那根切进水里的绳子硬得像根铁条。我们都可以听见它周围的水发出了嗞嗞声好像那是烧红的铁条。这根铁条笔直地插进水里而我们拿着的是它的一端，大车懒洋洋地冲上来退下去，就那样的推我们捅我们，仿佛它已经绕了一圈来到我们背后，懒洋洋的，好像在它一拿定主意之后便巴不得那样做似的。一头小猪漂了过来，胀鼓鼓的像只气球：那是朗·奎克养的带花斑的小猪里的一只。它撞在绳子上，好像那是一根铁条似的，它弹开来后就继续往前漂，我们看着那根绳子斜斜地切入水中。我们打量着。

# 达 尔

卡什仰卧着,脑袋下面垫着一件卷起来的外套。他双目紧闭,脸色灰白,头发被泥水粘在一起,盖在脑门上,整整齐齐,像是用刷子漆上去的。他的脸看上去稍稍下陷,眼窝骨、鼻梁和牙龈周围的地方都塌了下去,仿佛湿了水使得绷紧的皮肤松弛了;他那长在发白的牙龈上的牙齿稍稍张开,像是在冷笑。他穿着湿衣服躺在那里,瘦得像根竹竿,他呕了一摊水在他的脑袋旁边,他来不及转动脑袋时或是在转不过来的地方就会有流成一条线的黏液从嘴角上挂下来流在他的脸颊上,杜威·德尔弯下身去用裙子边给他擦掉。

朱厄尔走过来。他手里拿着刨子。"弗农刚才找到了直角尺。"他说。他低下头来看看卡什,身上也在滴水。"他还是什么也没讲吗?"

"他还带着锯子、锤子、粉线斗和尺子,"我说,"这我是知道的。"

朱厄尔放下直角尺,爹瞧着他。"这些东西不可能漂远,"爹说,"它们都是一起漂走的。天底下还有比我更倒霉的人吗。"

朱厄尔没有看爹。"你最好还是把瓦达曼叫回来。"他说。他瞧瞧卡什。接着他转过身子走开去了。"他缓过气来了就让他说话,"他说,"好让我们知道还有什么东西没找回来。"

我们回到河边。大车已经整个儿给拖上来了,车轮底下塞进了楔子(我们大家帮着干的时候都非常小心:好像这架破破烂烂、非常熟悉、懒洋洋的大车身上还留着几分潜伏的但是仍然随时可能发作的暴力,正是这种暴力,杀死了那两匹不到一小时之前还在拉着它的骡子),不让它滑回到洪流里去。那口棺材深深地卧在大车的底板上,因为潮湿,那些长长的白木板没有那么刺眼了,但还是黄灿灿的,就像是透过水所看到的金子,只不过上面沾了两道长长的污泥。我们经过它,继续朝堤岸走去。

绳子的一端被紧紧地系在一棵树上。瓦达曼站在水流边上,水深及膝,稍稍前伛,正在全神贯注地看着弗农。他已经不再叫嚷了,腋窝以下全都弄湿了。弗农在绳子另一端,水深及肩,扭过头来看着瓦达曼。"还要往后退,"他说,"你退回到那棵树那儿,帮我拽住绳子,别让它松了。"

瓦达曼沿着绳子往后退,一直退到树那里,他盲目地移动着,望着弗农。我们上岸时他瞧了我们一眼,圆睁着眼,有点不知所措。接着又做出那样一副极度警觉的姿态,重新望着弗农。

"我锤子也找到了,"弗农说,"照说我们应该能找到粉线斗的。它应该能漂起来的。"

"会漂的话早就很远了,"朱厄尔说,"我们不会找到的。不过锯子是应该能找到的。"

"我琢磨也是。"弗农说。他盯着水面。"还有粉线斗,也该找到。他还有什么东西?"

"他还没开口说话呢。"朱厄尔说着,一面走进水里。他回过头来看我。"你回去把他弄醒,让他说话。"他说。

"爹在上面呢。"我说。我跟在朱厄尔后面沿着绳子走进水里。绳子在我手里像是有生命似的,形成一个迤长的、有共振的弧形,稍稍有点鼓胀。弗农在看着我。

“你最好回去，”他说，“你最好还是待在那儿。”

“咱们最好先找找看还有什么东西，免得给水冲走了。”我说。

我们抓住绳子，激流在我们肩膀周围回旋起涡。但是这种平静仅仅是表面的假象，水流的真正力量懒洋洋地倚在我们身上。我从未想到七月的河水会这么凉。好像是有许多只手在使劲捏使劲戳我们的每一根骨头。弗农仍然扭过了头在朝堤岸张望。

“你看绳子吃得住我们这些人吗？”他说。我们也都扭过头去看，顺着那条绷得紧紧的像铁条一样的绳子，它从水里伸出来一直连到树上，瓦达曼在树旁半蹲着，注视着我们。“希望我那头骡子不会自作主张走回家去。”弗农说。

“快点干吧，”朱厄尔说，“干完了快快离开这个鬼地方。”

我们依次钻到水底下去，一只手拉住绳子，彼此也互相拉住，这时冰冷的水墙从我们脚底下把打斜的湿泥往回吸，往上游吸，我们便这样悬在水里，一面沿着冰冷的河床摸索。连这儿的烂泥也是不安分的。它有一种冷冰冰的、拒人千里以外的素质，好像我们脚底下的土地也在移动。我们摸索、抚触着别人伸出来的手，沿着绳子一点点小心谨慎地往前探；要不就依次站直身子，打量着另外两个人里的一个在水下面摸索，水在他的周围吮吸、翻滚。爹也已经来到水边，在看着我们。

弗农冒出水面，水从他头上身上淌下，他噘起嘴唇吐气，使整个脸颊陷了下去。他双唇发青，像一圈老化了的橡皮。他找到尺子了。

“他会非常高兴的，”我说，“这尺子还很新呢。他上个月刚从商品目录里挑中了邮购的。”

“要是我们能肯定还有什么，那就好了。”弗农说，他扭过头来看看，然后又转向方才朱厄尔潜下去的地方。“他不是比我先下去的吗？”弗农说。

“我不清楚，”我说，“我想是的吧。对了，对了，是他先下去的。”

我们注视着那浑浊盘旋的水面，一圈圈螺纹慢腾腾地从我们身边漾开去。

“拉拉绳子让他上来。”弗农说。

“他在你那边呢。”我说。

“我这边什么人也没有。”他说。

“把绳子收进来。”我说。可是他已经这样做了，把绳子的一头拿到水面上了，这时我们看见朱厄尔了。他在十码开外。他冒出了水面，在喷气，还看着我们，头一甩，把他那头长发甩到后面，然后又朝堤岸望去，我们可以看见他在使劲地吸气。

“朱厄尔。”弗农说，他没有使劲叫，可是他的声音沿着水面传得很响很清楚，语气是命令式的，可是很得体。“东西会回到这儿来的。你还是回来吧。”

朱厄尔又潜下去了。我们站在那里，身子后倾顶着水流，望着水里他消失的地方，一起拿着一根软塌塌的绳子，好像是两个人举着一根救火水龙的管嘴，在等待水的到来。突然间杜威·德尔出现在我们身后的水中。“你们让他回来。”她说。“朱厄尔！”她说。朱厄尔又露出水面了，把头发从眼睛前面甩到后面去。他现在朝着堤岸游泳了，水流把他往下游冲去，使他身子偏斜。“喂，朱厄尔！”杜威·德尔叫道。我们拿着绳子站着，看着他到达岸边往上爬去。在他从水里站起身来时，他伛下身去捡起一件东西。他沿着堤岸走回来。他找到那个粉线斗了。他来到我们的正对面，站在那里，四下张望仿佛是在找什么东西。爹沿着堤岸往下游走去。他又走回去看他的骡子了，它们滚圆的身体浮在水面上，在河弯滞缓的流水里互相没有声音地蹭擦着。

“你把锤子弄到哪儿去了，弗农？”朱厄尔问。

“我交给他了。”弗农说，用脑袋指了指瓦达曼。瓦达曼正在朝爹的方向看。接着他又看着朱厄尔。“和直角尺一起给的。”弗农打量着朱厄尔。他朝岸上走去，经过了杜威·德尔和我。

“你快到岸上去。”我说。她一声也不吭，只是看着朱厄尔和弗农。

“锤子在哪儿？”朱厄尔说。瓦达曼急匆匆地走上堤岸，拿起锤子。

“它比锯子重。”弗农说。朱厄尔在把粉线斗的一端和锤把捆在一起。

“锤子木头的东西多些。”朱厄尔说。他和弗农面对面地站着，两个人都在看着朱厄尔的两只手。

“也更平些，”弗农说，“它的漂浮速度大约比锯子快两倍。你倒试试那只刨子看看。”

朱厄尔看看弗农。弗农个子也很高，这两个又长又瘦的人眼睛对着眼睛站在那里互相盯着，身上的衣服都是湿漉漉的。朗·奎克只消看看天上的云就说得出十分钟以后的天气会是怎么样。我指的是老朗，而不是小朗。

“你们干吗不上岸去？”我说。

“它不会像锯子那样漂浮。”朱厄尔说。

“它的浮力和锯子差不多，锤子赶不上它。”弗农说。

“跟你打赌。”朱厄尔说。

“打赌我不干。”弗农说。

他们站在那里，看着朱厄尔那两只一动不动的手。

“见鬼，”朱厄尔说，“那就把刨子拿来。”

于是他们取来刨子，把它和粉线斗捆在一起，重新走进水里。爹沿着堤岸走回来。他站停了一会儿，看着我们，驼着背，忧心忡忡，像只斗败的公牛，又像一只又高又老的鸟儿。

弗农和朱厄尔回来了，背顶着水流。“别挡道呀，”朱厄尔对杜威·德尔说，“别待在水里呀。”

她往我身边靠了靠好让他们过去，朱厄尔把刨子高高地举在头上，好像它会给水泡烂似的，那根蓝色的细绳拖回来挂在他的肩膀上。他们经过我们身边，停了下来，开始轻声地争辩大车到底是在哪儿倾翻的。

“达尔应该知道。”弗农说。他们看着我。

“我可不知道，”我说，“我当时没在大车里待多久。”

“妈的。”朱厄尔说。他们继续前进，小心翼翼地，背顶着水流，用脚来探索浅滩的位置。

“你攥紧绳子没有？”弗农问。朱厄尔没有回答。他扭过头去看看岸上，盘算着，又看看河水。他把刨子扔了出去，让细绳在他的手指间滑动，细绳勒得他的手指发青。细绳不再往前蹿时，他把它交还给了弗农。

“这回还是让我去吧。”弗农说。朱厄尔还是不回答，我们看着他潜入水里。

“朱厄尔。”杜威·德尔轻轻地喊道。

“那儿不算太深。”弗农说。他头没有转过来。他正瞅着朱厄尔潜下去的水面。

等朱厄尔钻出水面时他手里有了那把锯子。

我们经过大车的时候，爹站在大车旁边，用一把树叶在擦那两道泥污。朱厄尔的马衬在树林的前面，宛如晾衣绳上搭着的一条百衲布花被子。

卡什一直没有动。我们站在他的上方，拿着刨子、锯子、锤子、直角尺、长尺和粉线斗，杜威·德尔蹲在地上抬起了卡什的头。“卡什，”她说，“卡什。”

他睁开眼睛，惘然地瞪着我们上下颠倒的脸。

“世界上再也没有比我更倒霉的人了。”爹说。

“嗨，卡什，”我们说，把工具举起来给他看，“你还缺什么吗？”

他想说话，转了转脑袋，闭上了眼睛。

“卡什，”我们说，“卡什。”

他转动脑袋原来是要呕吐。杜威·德尔用她裙子的湿下摆给他擦嘴，这以后他能开口了。

“还缺他的修整锯齿的家什，”朱厄尔说，“那还是新的，和长尺一起买的。”他转身走开了。弗农仍然蹲着，他抬起头来看看他的背影。接着弗农也站起身，跟着朱厄尔朝河里走去。

“还有比我更倒霉的人吗。”爹说。我们都蹲着，他的身影高高地浮现在我们头上，他看上去很像是一个喝醉酒的讽刺艺术家用粗糙的木头刻出来的雕像，刻工也很粗糙。“这是一次劫难呀，”他说，“可是我并没把这件事怪到她头上。谁也不能说我怪罪她了。”杜威·德尔又把卡什的脑袋放回到叠起来的外套上面，把他的头稍稍扭动一下以免他呕吐。他的那些工具都放在他的身边。“他摔断的是他上回在教堂摔的同一条腿，说起来这还算是好运气呢，”爹说，“可是这事儿我不怨她。”

朱厄尔和弗农又回到河里去了。从这儿看他们一点儿也没有破坏水面的平静，仿佛激流只一击便把他们俩分成两截，两具躯体以过分的、可笑的小心谨慎在水面上移动。河水显得很平静，就像你盯着看并倾听了许久之后的机器一样。就像你这凝结中的血块已经溶化进无穷无尽的原始运动，它们之中的视觉与听觉均已失明失聪；愤怒本身也因麻木不仁而化为平静。杜威·德尔蹲着,她潮湿的衣裙为三个盲眼男人[①]的死去的眼睛塑造出哺乳动物的种种荒唐可笑的特征那也就是大地的地平线和山谷。

---

① 托·斯·艾略特的《空心人》里写道:"眼睛不在这里/在这最后一个相会地点/我们摸到一起/一言不发/会集在这涨水的河流岸边/一无所见……"福克纳很可能从中受到启发。

# 卡 什

那东西没有放稳。我早就告诉他们了如果他们要平稳地搬它运它,他们必须得——

# 科　拉

有一天我们在聊天。她在宗教上一向不算虔诚,即使在那年夏天野营布道会之后也是这样。当时,惠特菲尔德兄弟和她进行思想交锋,单把她挑出来和她心灵中的自负感苦苦搏斗。我也跟她没少说过:“上帝赐给你儿女,是对你苦难的一生的一种安慰,也是**他**自己受苦和博爱的一种象征,因为你是在爱情中怀上他们生下他们的。”我之所以这样说是因为她过去把上帝的爱和她对**他**的责任看成是理所当然的事,而这样的行为是不会使**他**愉快的。我说:“**他**赋给我们才能,使我们在永无穷尽地赞美**他**的时候可以提高我们的声音。”因为我说天堂里对一个罪人的欢呼声要超过对一百个无罪者的欢呼声。可是她却说:“我每天的生活就是没完没了的认罪和赎罪。”于是我说:“你是什么人呢,居然敢说什么是罪什么不是罪?判定何者为罪那是上帝**他**老人家的事;我们的责任是去赞美**他**的仁慈和**他**的圣名,好让世人全都可以听见。”因为唯独只有**他**,才能看透人心,不能说因为一个女人的生活在男人的眼里是得当的,她就可以认为她心里没有罪,用不着对上帝敞开胸怀接受**他**的神恩。我说:“仅仅因为你一直是一个忠实的妻子并不能证明你心里没有罪,仅仅因为你的日子过得很苦也不能证明上帝的恩典已经笼罩着你。”可是她说:“我知道我自己有罪。我知道受到惩罚是理所应当的。我不怨天尤人。”于是我说：“正是因为你太自负了，所以你才胆敢僭越上帝，代替**他**判定何为有罪，何为得救。我们芸芸众生的命运就是受苦，同时提高声调去赞美上帝，是**他**，从不能记起的时候起，就在判定何为有罪，并且通过各种磨难考验来提供得救之道，阿门。你够自负的，甚至在惠特菲尔德兄弟为你祈祷、费尽心机来拯救你之后，你仍然无动于衷，要知道世界上再也找不出一个比他更圣洁的人了，也找不出一个比他更关心你的人了。”我这样说。

因为判定我们的罪或是知道在上帝的眼睛里何为有罪并不是我们的事。她一生过得很苦，可是哪一个妇女不是这样呢。可是从她说话的口气看来，你会以为对于罪恶与得救，她比上帝**他**老人家知道得还要多，比那些与人世间的罪恶苦苦奋斗的人知道得还要多似的。其实她犯下的唯一的罪就是偏爱那个不爱她的朱厄尔——这不是咎由自取吗？——却不喜欢那个上帝亲自施恩的达尔，我们凡人都觉得他有些古怪，而他却是真正爱她的。我说了：“这就是你的罪了。对你的惩罚也有了。朱厄尔就是对你的惩罚。不过你的得救之道又在哪儿呢？”我又说：“对于获得永恒的恩典来说，人的一生是非常短促的。而我们的上帝又是一位妒忌心很重的上帝。裁判与评定功过是**他**老人家的事，而不是你的事。”

“我知道，”她说，“我——”说着说着她又停了下来，于是我问：

“知道什么？”

“没什么，”她说，“他是我的十字架，将会拯救我。他会从洪水中也会从大火中拯救我。即使是我已经献出自己的生命，他也会救我。”

“你怎么会知道？你又没有向**他**敞开心胸，也没有提高声调去赞美**他**。”我说。接着我明白她指的并不是上帝。我明白由于自负，她说了亵渎神灵的话。于是我就在原地跪了下来。我求她也跪下来，敞开胸怀把自负的魔鬼赶出来，并且求上帝宽恕。可是她不愿意。她仅仅是坐在那里，沉溺在自己的自负与骄傲之中，这种感情使她关闭了通向上帝的心扉，让那个自私、凡俗的男孩取代了上帝的位置。我跪倒在地为她祷告。我为这个可怜、盲目的妇人祷告，我连为自己和自己一家人祈祷时都不曾这么上心过。

# 艾 迪

下午,学校放了学,连最后一个小学生也拖着脏鼻涕走了,我没有回家,却走下山坡来到泉边,在这里我可以安静一会儿也可以发泄对他们的恨意。到这时,这儿也比较安静了,泉水潺潺地涌出来流开去,夕阳静静地斜照在树上,到处弥漫着一股潮湿腐烂的叶子和新垦地的宁静的气息。特别是在初春,这股气味特别浓烈。

我只能依稀记得我的父亲怎样经常说,活在世上的理由仅仅是为长久的死亡做准备。当时,我必须日复一日地看着这些男女学生,他们每一个都有自己秘密、自私的想法,每人身上流的血彼此不一样,跟我的也不一样。于是我想,这种日子看来就是我准备长眠的唯一通道了吧,我不由得要恨我的父亲干吗生我培养我。我总是期待学生犯错误,这样我就可以拿鞭子抽他们了。鞭子落下去时,我仿佛感到是落在我的身上;在它留下鞭痕使皮肤肿起来时,我感到是我的血液在急速地流动。随着每一鞭抽下去我就这样想:现在你可知道我的厉害了吧!现在我已成为你的秘密的自私的生活的一部分,我已经用自己的血永远、永远地在你的血液里留下了痕迹。

后来我接受了安斯。我连着三四次看见他在校舍前出现之后,才知道他是赶车绕道四英里特地来这里的。当时我也注意到他的背开始有些驼——他个子高高的,年纪不大——因此他待在大车的驾驶座上时看上去已经很像一只寒天弓着背的高高的大鸟了。他总是赶着慢悠悠地发出吱扭吱扭声的大车在学校前面经过,一面慢腾腾地扭过头来打量着学校的门,直到拐过路弯驶出了我的视线。有一天我在他经过时走到校门口,站在那里。他一看见我赶紧把眼光转了开去,再也没有把头扭回过来。

早春天气最难将息。有时候我真觉得无法忍受,半夜里躺在床上,倾听野雁北飞,它们的长鸣渐渐远去,高亢、狂野,消失在辽远的夜空中,而白天我好像总等不及最后一个学生离去,这样我就可以下山到泉边去。有一天我抬起头来,看见安斯穿了星期天的好衣服,站在那里,帽子捏在两只手里转了又转,我便问道:

"难道你家里没有女人家吗?她们怎么想不起让你去理个发?"

"一个也没有。"他说。接着他愣头愣脑地说,两只眼睛盯住我,活像进到陌生院子里的两只猎狗:"我正是为这个来看你的。"

"也不让你把肩膀挺挺直,"我说,"你家里难道一个妇女也没有?可是你有房子的吧。他们说你有一栋房子,还有一个挺好的农场。那么说你一个人住在那里,自己管自己,是吗?"他就那么愣愣地看着我,旋转着手里的那顶帽子。"一栋新房子,"我说,"你打算结婚吗?"

他把那句话又说了一遍,两眼直盯着我的眼睛。"我正是为这个来看你的。"

后来他告诉我:"我一个亲人也没有。所以你不必为这件事担心。我想你的情况不见得跟我一样吧。"

"不一样。我有亲人。在杰弗生。"

他的脸色阴沉了一些。"嗯,我稍稍有点产业。我日子还算宽裕,我的名声还可以。我了解城里人,不过也许他们说起我来就……"

“他们只能听了，”我说，“要他们开口怕不容易了。”他仔细地看着我的脸。“他们都躺在墓园里了。”

“那么你活着的亲戚呢，”他说，“他们会有不同看法的。”

“他们会吗？”我说，“我可不知道。我从来没有别的类型的亲戚。”

于是我接受了安斯。后来当我知道我怀上了卡什的时候，我才知道生活是艰难的，这就是结婚的报应。也就是在这个时候我明白了话语是最没有价值的，人正说话间那意思就已经走样了。卡什出生时我就知道“母性”这个词儿是需要有这么一个词儿的人发明出来的，因为生孩子的人并不在乎有没有这么一个词儿。我知道恐惧是压根儿不知恐惧为何物的人发明的，骄傲这个词儿也是这样。我知道生活是可怕的，并非因为他们拖鼻涕，而是因为我们必须通过言词来互相利用，就像蜘蛛们依靠嘴巴吐丝从一根屋梁上悬垂下来，摆荡，旋转，彼此却从不接触，只有通过鞭子的抽挥才能使我的血与他们的血流在一根脉管里。我知道生活是可怕的，不是因为我的孤独每天一次又一次地被侵扰，而是因为卡什生下来之前它从来没有受到侵扰。甚至夜里的安斯也未能侵扰我的孤独。

他也拥有一个词儿。爱，他这么称呼。可是我长期以来太熟悉言词了。我知道这个词儿也跟别的一样：仅仅是填补空白的一个影子。时候一到，你就不需要言词来做代用品了，正如不需要骄傲或恐惧一样。卡什就不需要对我说这个词儿，我也无需对他说，我总是说，安斯想用那就让他用吧。因此，其结果是“安斯”或“爱”；“爱”或“安斯”：怎么叫都行。

我总是这么想，甚至我在黑暗中和他躺在一起时也是这样——卡什就睡在我伸手可及的摇篮里。我老是想，如果他醒来哭了，我也要喂他奶的。“安斯”或是“爱”：怎么叫都行。我的孤独被侵扰了，而且因为这种侵扰而变得完整了:“时间”、“安斯”、“爱”,你爱怎么叫就怎么叫吧,都在圆圈之外。

接着我发现自己又怀上了达尔。起先我还不肯相信。接着我相信自己会把安斯杀了。这好像是他骗了我,他躲在一个词儿的后面,躲在一张纸做的屏幕的后面,他捅破纸给了我一刀。可是接下去我明白欺骗了我的是比安斯和爱更为古老的言词,这同一个词儿把安斯也骗了,而我的报复将是他永远也不知道我在对他采取报复行为。达尔出生后我要安斯答应我,等我死后一定要把我运回到杰弗生去安葬,因为我那时才知道父亲的意见是对的,虽然他早先不可能知道他是对的,同样,我早先也不可能知道我是错了。

“别胡说了,”安斯说,“你和我小孩还没生够呢,才只有两个。”

他当时不知道他已经死了。有时候晚上我在黑暗里躺在他的身边,倾听着如今已成为我血肉一部分的土地的声音,我总这么想:安斯。为什么是安斯。为什么是你呢安斯。我老想着他的名字,到后来都能看见这个词儿的形象和载体了,我都能看见他液化,并且像冷糖浆那样从黑暗中流到那个瓶子般的载体里去,直到瓶子装满直立着,一动也不动:一个意味深长的形象,了无生意,就像一个空空的门框。可是接下去我会发现我已经忘掉那个瓶子的名字了。我总这么想:我从前是个处女时我身子的形体以一个的形式出现而且我想不起*安斯*这个名字,记不得*安斯*这个名字。倒不是我能想象自己不再是非处女了,因为我现在成为三个人了。当我用那种方式想卡什和达尔,直到他们的名字消亡并凝固成一个形象时,我会说,好吧。没有关系的。人家叫他们什么名字都是没有关系的。

因此当科拉反复告诉我我不是一个真正的母亲时,我总是想言词如何变成一条细线,直飞上天,又轻快又顺当,而行动却如何沉重地在地上爬行，紧贴着地面，因此过了一阵之后这两条线距离越来越远，同一个人都无法从一条跨到另一条上去；而罪啊爱啊怕啊都仅仅是从来没有罪没有爱没有怕的人所拥有的一种声音，用来代替直到他们忘掉这些言词时都没有也不可能有的东西的。科拉就是这样的一个，她连饭都做不好。

她总是对我说我对我的孩子们、对安斯、对上帝欠了债。我给安斯生了孩子。我并没有想要得到他们。我甚至都没有要求他给我他本来可以给我的东西，那就是非安斯。不向他要求这件事就是我对他的义务，这个义务我已经尽了。我还会是我，我会让他成为他的言词的外形和回声。这已经超出他所要求的了，因为他不可能既是安斯又提出这样的要求，像他这样一个对待言词的人。

接着他死了。他自己并不知道他死了。我在黑暗里躺在他的身边，倾听黑沉沉的大地诉说上帝的爱、他的美以及他的罪；倾听黑暗中无声的天籁，在这里面语言就是行动；也倾听别的不是行动的语言，它们仅仅是人们缺乏的空白，像旧日恐怖的夜晚雁声从狂野的黑暗中冲决而下，去摸索着寻找行动，犹如孤儿那样，人们对着他们指着人群里的两张脸说，那就是你们的父亲你们的母亲了。

我相信我已经找到我的罪了。我相信其原因是对活着的人的责任，对可怕的血，沸腾地流经大地的红色的痛苦的血的责任。我会想到罪恶就像我会想到我们俩在世人面前都要穿的衣服一样，就像我会想到必须要有的审慎一样，因为他是他而我是我；这个罪变得更加严重更加可怕因为他是上帝所任命的工具，而罪正是上帝创造的，为了净化他所创造的那个罪恶。当我在树林里等他[1]，等他看到我，这时，我总把他

---

① 指与其相好的惠特菲尔德牧师。

想象成是穿着罪恶的衣服的人。我也总是想象他也想象我同样穿着罪恶的衣服,他更漂亮因为他用来交换罪服的外衣是法衣。我总是想象罪恶是外衣,为了使可怕的血液有外形,强迫它响应高高飘荡在空中的死去的语言的凄凉的回音,我们必须得脱去这件外衣。这以后我会和安斯躺在一起——我没有向他撒谎:我仅仅是拒绝他的要求,正如我在卡什和达尔到了断奶的时候不再喂他们奶一样——我倾听着黑沉沉的大地用无声的语言诉说着。

我没有隐瞒什么。我没有想欺骗谁。我本来是不在乎的。我之所以小心谨慎仅仅是为了他的缘故,并不是为了我的安全,这就跟我在世人面前穿上衣服一样,如此而已。当科拉和我谈话时,我总是觉得那些高调门的僵死的语言到了一定的时候连它们那死气沉沉的声音也都变得毫无意义了。

接下去一切都过去了。所谓过去也就是说他走了,这我是知道的,虽然有时还会见到他,却不会再见到他在林中迅速而秘密地朝我走来了,他穿着罪恶的外衣,就仿佛那是一件漂亮的袍子,由于秘密地行进速度很快袍子已经给风掀了开来。

但是对我来说事情还没有完。我所说的"完",就是有开始有结束的意义上的"完",因为对我来说当时什么东西都没有开始也没有结束。我甚至还让安斯节欲,并不是我与他仅仅中止床第之事,而是好像我们之间就根本没有发生过这种事似的。我的孩子都是我一个人的,是席卷大地的那股狂野、沸腾的血的,是我和所有活在世上的人的;不属于任何人而又属于所有人。接着我发现我怀上朱厄尔了。当我清醒过来记起和发现这件事时,他已经离开有两个月了。

我的父亲说活着的理由就是为永久的死亡做好准备。我终于领会他的意思了,也知道他当时不可能明白自己所说的话的意思,因为一个男人不可能懂得事情过后要打扫屋子的。这么说我已经打扫干净我的屋子了。有了朱厄尔——我躺在灯旁，支起我的头，瞧着他在开始呼吸之前就把那儿包扎缝合好了——那股狂野、汹涌的血液流走，它的喧哗声也停下来了。现在剩下的只是奶水，温暖、平静，我也在迟缓的寂静中安详地躺着，准备打扫我的屋子。

我给了安斯杜威·德尔来抵消朱厄尔。接着我又给他瓦达曼来补偿我从他那里夺走的那个孩子。现在他有三个属于他而不属于我的孩子了。于是我可以准备死了。

有一天我和科拉谈话。她为我祷告，因为她相信我对自己的罪愆视而不见，她要我也跪下来祈祷，因为对于罪愆仅仅是言词问题的人来说，得救在他们看来也是只消用言语便可以获取的。

# 惠特菲尔德

他们告诉我她快要不行的当天晚上，我和撒旦搏斗了整整一夜，最后我总算胜利了。我从我的深重的罪愆中惊醒，我终于见到了真正的光，于是我跪下来向上帝忏悔，乞求**他**的指导并且接受了指引。"起来，"**他**说，"去补偿他们的损失，你在那个家庭里播下了谎言的种子，你和他们在一起时违反了**我的教义**，大声地忏悔你的罪过吧。该由那个家庭，由那位受了欺骗的丈夫来原谅你，而不是我。"

因此我就去了。我听说塔尔的桥给冲走了，我说："哦，主啊，感谢**您**，哦，全能的主啊，感谢**您**。"由于有那些我必须征服的危险与困难，我看出来**他**并没有抛弃我；而我的重新被他接受，获得他神圣的安宁与爱，也将因为那些考验而变得更加甜美。"但愿在我求得我欺骗了的男人的原谅之前不要让我毁灭，"我祷告道，"别让我去得太晚了；不要让我和她的越轨行为由她的嘴巴说出，而不是由我。她当时发过誓她永远也不说出来，可是面对永劫是件可怕的事：我自己不也是和撒旦抵着身子苦苦扭打了一场吗？别让我的灵魂再加上使她破坏誓言这一层罪过。先让我在我伤害过的人们的面前清洗灵魂，然后再让**你圣洁的怒火**包围我吧。"

是他老人家的手托着我，使我超脱在洪水之上，庇护着我，使我摆脱洪水的威胁。许多圆木和连根拔起的大树朝我这个渺小的人冲了过来，我的马受惊，我自己的心脏也出卖了我。可是我的灵魂却没有：一次又一次地，我看见那些圆木和大树在打击的最后一刹那改变了方向，于是我提高声音使它盖过洪水的喧哗："赞美您，哦，**全能的主和圣王**。有了这个证明我将涤洗干净我的灵魂，重新进入**您**无限的圣爱的围栏。"

当时我便知道我已经得到宽恕了。洪水、危险已在身后，当我骑着马重新走在坚实的土地上，我的客西马尼[①]场面越来越接近出现的时候，我开始打腹稿考虑怎样措辞了。我将进入屋子；我要在她说话之前止住她；我要对她的丈夫说："安斯，我有罪。你想怎么处置就怎么处置吧。"

好像事情已经做完了似的。我的灵魂觉得自在多了，多年来都没有这么平静过；我骑着马前进，似乎再度置身在持久的平静之中。无论朝哪边看我都能见到上帝的手，在心中我能听见**他**的声音："要有勇气，我与你同在。"

接着我来到塔尔的家宅。我经过时他最小的女儿走出来叫住了我。她告诉我她已经故去了。

哦，主啊，我是有罪的。**您**知道我后悔的程度也知道我心灵的意愿，可是上帝是仁慈的，**他**愿接受我在这件事情上的心意，**他**知道在我构思我的认罪词语时我是把安斯作为对象的，虽然他当时不在场。是**他**以**他**无边的智慧阻止她临终时把事情说出来，当时围在她病床旁边的都是信任她的亲人；而我，正倚仗**他**拥有大力的手在对付水的磨难。赞美**您**，赞美**您**无边全能的圣爱！哦，赞美**您**。

---

① 耶稣感到痛苦而向上帝祷告的地方，见《圣经·新约·马太福音》第 26 章第 36 到 39 节。

我进入丧家，在这卑陋的住所里躺着另一个犯有过错的凡人，她的灵魂正面临着严峻的无法回避的审判，愿她的遗体永远安宁[①]。

"让上帝的神恩降临这个家庭。"我说。

① 在这样的情况下，正常的祝祷应为："愿她的灵魂永远安宁"。惠特菲尔德把"spirit"改成为"ashes"。

# 达 尔

他[1]骑着马上阿姆斯蒂家又骑着马回来,牵来了阿姆斯蒂的那对骡子。我们套好车,把卡什放在艾迪的棺材上面。我们扶他躺下时他又呕吐了,不过他总算及时把头伸到了大车底板的外面。

"他肚子上也挨了一家伙。"弗农说。

"可能那匹马也对着他肚子踢了一脚,"我说,"它踢你肚子没有,卡什?"

他想说句什么话。杜威·德尔又给他擦了一下嘴。

"他说什么?"弗农说。

"你说什么,卡什?"杜威·德尔问。她伛下身去。"要他的工具呢。"她说。弗农把它们拿起来,放进大车。杜威·德尔把卡什的头扶起来,好让他看。我们驾车往前走,杜威·德尔和我坐在卡什身边好把他稳住,而朱厄尔骑着马走在前面。弗农站在那儿看我们,看了一会儿。接着他转身朝那座桥走回去。他小心翼翼地走着,开始甩动他的衬衫的湿袖子,就好像是刚刚弄湿似的。

他在门前让马停住。阿姆斯蒂在门口等着。我们停住车而他也下

① 指朱厄尔。

了马，于是我们把卡什搬下车抬他进屋，阿姆斯蒂太太已经把床铺好了。我们让她和杜威·德尔给他脱衣服。

我们跟着爹走出屋子来到大车跟前。他走回来爬进大车驾了车往前走，我们徒步跟在后面，一直走到空地那儿。成了落汤鸡还是有好处的，因为阿姆斯蒂说："欢迎你们进屋去。东西都放在那儿好了。"朱厄尔跟在后面，牵着马，站在大车旁，缰绳捏在他的手里。

"我谢谢你了，"爹说，"我们用那边的车棚就行了。我知道对你来说是个负担。"

"欢迎你们到屋子里来。"阿姆斯蒂说。朱厄尔脸上又出现那种木呆呆的神情了：那种冒冒失失、狠巴巴、血气很旺、直僵僵的神情，仿佛他的脸和眼睛是属于两种不同木头的颜色，那种不对头的浅色和不对头的深色。他的衬衫开始干了，但是他移动时，衬衫还是紧粘在他的身上。

"她会感谢你的。"爹说。

我们给骡子卸了套，把大车倒推进棚子里去。棚子的一边是敞开的。

"雨水是不会打到里面去的，"阿姆斯蒂说，"不过要是你们愿意……"

棚子尽里面有几张生锈的铁皮盖板。我们搬出两张来支在敞口前。

"欢迎你们进屋子去歇息。"阿姆斯蒂说。

"我谢谢你，"爹说，"不过要是你能弄点东西给他们吃，那就太好了。"

"没问题，"阿姆斯蒂说，"卢拉把卡什舒舒服服地安顿好之后，马上就做晚饭。"他已经走回到马身边去了，正在把马鞍卸下来，他移动时，他那件湿衬衫服服帖帖地裹在他的身上。

爹不愿进屋子去。

“进来吃饭吧,”阿姆斯蒂说,“马上就做好了。”

“我什么也不想吃,”爹说,“我谢谢你了。”

“你们进来把衣服弄弄干,吃点东西,”阿姆斯蒂说,“在我这里没关系的。”

“都是为了她,”爹说,“都是为了她我才吃东西的。我牲口也没有了,什么都没有了。不过她会感激你们每一位的。”

“那是,”阿姆斯蒂说,“你们大伙儿都进来烤烤衣服。”

可是等阿姆斯蒂敬了爹一杯酒,爹觉得好多了之后,我们便进屋去看卡什,他没有和我们一起进去。我回过头去,看见他正把那匹马牵到谷仓里去。爹已经在讲再买一对牲口的事了,到了吃晚饭的时候他好像已经把它们买到手了。他在谷仓里,轻捷地穿过扑面而来的强烈的旋转的气流,带着马一起走进马厩。他爬到马槽上,扯了些干草下来,离开马厩去找并且找到了马栉。接着他折回来,迅速地躲开了马儿的狠狠的一脚,来到马的身边,这地方马反倒踢不着。他用马栉梳理马毛,在马脚够得着的半径内闪来闪去,灵活得像个杂技演员,一边用下流的亲热话轻声地咒骂着马儿。它的脑袋猛地往后一甩,龇牙咧嘴;他用马栉的脊背敲打马儿的脸,马儿的眼睛在晦暗中转动,仿佛两颗大理石的弹球在一块漂亮的天鹅绒上滚动。

# 阿姆斯蒂

等我再给他添了些威士忌酒、晚饭也快做好的时候，他都已经用赊账的方式，向某某人买下一对牲口了。到那时他挑挑拣拣起来了，说他根本不喜欢这套牲口，不愿白送钱给某某某来买他的一件毫无用处的东西，即使是一只鸡笼他也不想买。

“你不妨去问问斯诺普斯，”我说，“他有三四对牲口呢。说不定你可以挑到一对合适的。”

接着他的嘴又嘟嘟哝哝起来，用那样一种眼光瞅着我好像整个县里拥有唯一的一对牲口而不愿卖给他的那个人是我似的，我终于明白帮他们走出这片空地的只能是我的那对牲口了。不过我不知道，如果他们有了一对牲口，他们会怎么对待它们。利特尔江跟我说过哈利洼地那里的堤岸给冲掉了两英里，到杰弗生去的唯一的路就得是绕道打莫特森那里走。不过这是安斯的事儿。

“跟他做买卖可太难对付了。”他说，还在嘟哝。可是晚饭后我又给他倒了一杯酒之后，他情绪稍稍高了一些。他打算回到谷仓去和她待在一起。没准他认为倘若他待在那儿随时准备出发，圣诞老公公会送他一对牲口呢。“不过我琢磨我可以说服他，”他说，“要是他身上还有一滴基督徒的血的话，眼看别人有困难，总不能见死不救吧。”

“当然,要是你想用我的牲口,那是没有问题的。”我说,心里知道他也明白这句话里有多少诚意。

“我谢谢你了,”他说,“不过她愿意用我们自己的牲口。”他也知道他的这个理由我能相信几分。

晚饭后,朱厄尔骑马到法人湾[1]去请皮保迪。我听说他今天要去凡纳家。朱厄尔大约半夜时分回来了。皮保迪到英弗纳斯[2]南边的什么地方去了,不过比利大叔[3]跟他一块来了,带着他那只治牲口的皮包。他老说,说到底,人跟马、骡也没有多大的区别,只不过牲口头脑稍稍清楚一些罢了。“你这回又出了什么事啦,小伙子?”他问,一边瞅着卡什。“给我拿一块垫子、一把椅子和一瓶威士忌酒来。”他说。

他让卡什喝了威士忌酒,接着他把安斯撵出房间。“幸好他断的就是去年夏天断过的那条腿。”安斯哀叹着说,一边嘟哝一边眨眼睛。“总算还好。”

我们用垫子裹住卡什的两条腿,又把椅子放在垫子上,我和朱厄尔坐在椅子上,丫头拿着灯,比利大叔塞了一块烟叶在嘴里,接着便开始工作。卡什使劲挣扎了一阵子,终于昏了过去。这以后他静静地躺着,大颗大颗的汗珠停留在他的脸上,好像它们刚流出来便站停下来在等他。

等他醒过来,比利大叔已经收拾好东西走了。卡什不断地想说什么,丫头伛身下去擦他的嘴。“要他的工具呢。”她说。

“我带进来了,”达尔说,“我拿来了。”

---

① 福克纳笔下的约克纳帕塔法县中的一个居民点,在杰弗生镇的东南。下面提到的比利·凡纳在该处开了一家店铺。

② 密西西比三角洲的一个小镇,在奥克斯福西南90英里处。

③ 即威尔(比利)·凡纳,附近一家小店的老板。他也算是个兽医。

卡什还想讲话,她伛身下去。“他要看看工具。”她说。于是达尔把工具拿到他看得见的地方。他们把工具堆在床脚下,让他身体好一点的时候可以伸出手去摸摸。第二天早上,安斯骑了那匹马到法人湾去见斯诺普斯。他和朱厄尔站在空地上聊了一会儿,接着安斯骑上马走了。我估摸这是朱厄尔第一次让别人骑那匹马,在安斯回来之前他一直气鼓鼓地踱过来踱过去,瞅着那条路,仿佛拿不定主意要不要去追上安斯把马儿要回来。

快到九点钟的时候天气开始热起来了。就在这时,我看见了头一只秃鹰。也许是因为浸了水的关系吧,我想。总之是进入了大白天之后我才看到它们出现的。幸亏有微风把那股味儿从屋子周围吹散,所以进入大白天之后它们才来的。可是一看到它们之后,光是看着它们,我就仿佛在一英里之外远的田野里也能闻到那股味儿了,它们一圈又一圈地盘旋着,整个县的人都猜得出我的谷仓里有什么东西了。

我离家才半英里多一点儿,就听见那个小鬼在大喊大叫。我还以为他没准掉到井里去还是怎么了呢,所以就快马加鞭匆匆赶到空地。

停栖在谷仓屋脊上的秃鹰足足有十来只,小鬼像赶火鸡似的在空地上追赶另外一只,那只秃鹰仅仅飞起几步不让他逮住,然后又扑动翅膀飞回到车棚的屋顶上去,刚才小鬼就是在这里发现那只秃鹰蹲在棺材上面的。天气热起来了,没错,风也停了要不就是转了向或是怎么了,于是我走去找到了朱厄尔,可是卢拉出来了。

“你一定得想点办法,”她说,“这太不像话了。”

“我正在想办法呢。”我说。

“太不像话了,”她说,“他这样对待她,应该受到法律的制裁。”

“他是在尽力而为,好让她早些入土呢。”我说。于是我找到朱厄尔,问他要不要骑骡子到法人湾去看看安斯怎么了。他一句话也不说。

他就那么看着我，下巴变得惨白，眼睛也变得惨白，接着他走开去喊起达尔来了。

“你打算做什么？”我说。

他没有回答。达尔出来了。“过来。”朱厄尔说。

“你准备干什么？”达尔说。

“去推大车。”朱厄尔扭过头来说了一句。

“别犯傻了，”我说，“我没有别的意思。你们也是没有办法。”达尔犹豫不决，可是朱厄尔说什么也不干。

“行了，别说废话了。”他说。

“总得放在什么地方吧，”达尔说，“爹一回来咱们就往外搬。”

“你不愿帮我干，是不是？”朱厄尔说，那双惨白的眼睛像是在喷火，他的脸直打颤仿佛是在打摆子。

“不，”达尔说，“我不愿意。等爹回来再说吧。”

因此我就站在门口，看着他把大车推过去拽过来。大车停的地方是个斜坡，有一阵子我以为他打算把车棚的后墙撞穿呢。不过这时候午饭的铃声响了。我喊他，他也不回头。“来吃午饭吧，”我说，“跟小弟弟也说一下。”可是他不睬我，因此我就去吃饭了。那姑娘下去找小鬼，可是没有把他找回来。我们吃饭吃到一半，又听见他在大叫大嚷，他跑过去把秃鹰轰走。

“真是太不像话了，”卢拉说，“太不像话了。”

“安斯是在尽力而为，”我说，“跟斯诺普斯打交道，半个钟头是不够的。两个人讨价还价，得在树荫底下待上整整一个下午呢。”

“尽力而为？”她说，“尽力而为？谁不知道他是怎样尽力了。”

我寻思他的实际情况也的确是这样。问题在于，他不干就等于叫我们来干。没有东西抵押——他都想不出来还有什么是没有抵押出去的了——他是无法从谁的手里买到一对牲口的，更不要说从斯诺普斯那儿了。因此当我回到地里时，我看着我的那对骡子，我实际上已经在跟它们暂时告别了。傍晚我回家，由于太阳把车棚整整晒了一天，我倒是真的觉得自己是不会感到后悔的了。

大家都在廊子上，我也走出屋子到廊子上去，这时候安斯骑着马儿回来了。他看上去有点滑稽，比平时更畏畏葸葸，却也有点扬扬自得。仿佛他干了件什么事，自己觉得占了便宜却拿不准别人是怎么想的。

“我有一对牲口了。”他说。

“你跟斯诺普斯那儿买的吗？”我说。

“我寻思这一带会做买卖的也不光就斯诺普斯一个吧。”他说。

“那当然。”我说。他正以那种古怪的神情在看着朱厄尔，可是朱厄尔已经从廊子上走下来，正朝那匹马走过去。是去看安斯把它弄成什么样子了吧，我琢磨。

“朱厄尔。”安斯说了一声。朱厄尔扭过头来看看。“你过来。”安斯说。朱厄尔走回来两步，又站住了。

“你要干什么？”他说。

“那么说你从斯诺普斯那里买到了一对牲口，”我说，“他今天晚上送来，对不对？你们明天得早早儿就动身，要绕莫特森走非起个大早不可。”

这时候他的神气可不像方才那样了。他又摆出往常的那副受气包的模样，嘴巴里在嘟嘟哝哝。

“我也算是尽了力了，”他说，“苍天在上，在这个世界上，比我苦头吃得更多、受的气更大的人是再不会有的了。”

“在做买卖上占了斯诺普斯便宜的人是应该觉得痛快才对呀，”我说，“你倒是给了他什么呢，安斯？”

他没有看我。“我把动产抵押给他了，用我的耕作机和播种机[1]。”他说。

“可那也值不到四十块钱呀。要是你手里有一对值四十块钱的牲口，你得拿到什么才肯脱手？”

此刻他们都在看着他，静静地，一动不动地。朱厄尔正要往马儿那边走去，走到一半，脚步给止住了。“我还给了别的东西。”安斯说。他的嘴又嘟哝起来了，站在那里仿佛等谁来揍他，而他也打定主意挨了打也决不还手。

“还给了别的什么？”达尔说。

“真是的，”我说，“你用我的牲口就是了。你用完再还我。我总有办法对付的。”

“难怪你昨天晚上要动卡什的衣服[2]了。”达尔说。他说这句话就仿佛是在念报纸。好像不管出了什么事反正与他一点儿都不相干。朱厄尔现在走回来了，站在那儿，用他那双大理石弹球似的眼睛瞪着安斯。“卡什打算用那笔钱从苏拉特[3]那里买那种会说话的机器的。”达尔说。

安斯站在那里，嘟哝着嘴。朱厄尔瞅着他，眼睛好久一眨都不眨。

“不过那也只不过多了八块钱。”达尔说，他的口气仿佛他只是一个旁边瞧热闹的人，事情与他一点也不相干似的。“这点钱还是买不来一对骡子。”

安斯很快地看了朱厄尔一眼，两只眼睛朝旁边瞥了一下，紧接着又把眼光垂了下去。“老天爷在上，世上还有比我更倒霉的人吗。”他说。

---

① 这里指的是用骡拉的原始型的农业机械。

② 指安斯抄走了卡什的钱。

③ 福克纳作品中的一个缝纫机推销员兼书商，在后来几部作品中他的名字变成了V.K.拉特利夫。达尔指的机器是留声机。

大伙儿还是一句话也不说。他们仅仅是瞅着他，等着，而他只是把眼光扫向他们的脚，顶多到达他们的腿，不再往上了。“还有那匹马。”他说。

“什么马？”朱厄尔说。安斯仅仅是站在那里。真要命，要是一个人镇不住自己的儿子，他应该把他们赶出家去，不管他们年纪有多大。要是这一点办不到，他娘的，那他就应该自己滚蛋。换了我非这样做不可。“你是说，你打算拿我的马和他换？”朱厄尔说。

安斯站在那里，两只胳膊晃荡着。“十五年了，我嘴巴里连一颗牙齿都没有，”他说，“上帝是知道的。**他**知道十五年来我根本没好好吃到**他**让人吃了长力气的粮食，我这儿省一个子儿，那儿省一个子儿，为的是一家人可以不挨饿，也为了我可以装一副假牙吃上帝规定吃的东西。我把装假牙的钱都拿出来了。我寻思要是我可以不吃粮食，我的儿子也是可以不骑马的吧。苍天有眼，知道我受的罪有多大。”

朱厄尔双手贴住大腿，瞪着安斯。接着他把眼光移了开去。他的眼光越过田野，他的脸像块岩石似的纹丝不动，好像是不知什么人在讲不知是谁的一匹马，而他连听都没有在听。接着他慢腾腾地吐了口痰，说了一声“妈的”便转过身去走到院门那里，他解松马缰翻身上了马。他在往马鞍上坐时马已经在移动了，一等他坐了上去，人和马便泼剌剌地在大路上飞驰，好像背后有官兵在追捕似的。他们就这样消失在视线之外，人和马直像一团花旋风。

“咳，”我说，“你用我那对牲口不就得了。”我说。可是他不肯。他们甚至都不愿意再待下去，那个孩子整天在烈日下轰秃鹰，他也跟另外那几个差不多一样癫狂了。“至少把卡什留在这里嘛。”我说。可是他们连这一点都不肯。他们把被子铺在棺材盖上，把他放在上面，把他的家什放在他的身边，接着我们把我那对牲口套上，把大车在路上朝前赶了一英里左右。

“要是在这儿也对你不方便，”安斯说，“尽管说好了。”

“当然，”我说，“这儿挺好。也很安全。现在咱们回去吃晚饭吧。”

“我谢谢你了，”安斯说，“我们篮子里还有点吃的。我们可以对付过去的。”

“你是从哪儿弄来的？”我说。

“我们从家里带来的。”

“可是放到现在准已经馊了，”我说，“进屋来吃点热饭热菜吧。”

可是他们不肯进来。“我看我们可以对付过去的。”安斯说。于是我回家去吃饭，然后拿了一篮东西上他们那里去，想再让他们回到屋子里去。

“我谢谢你了，”他说，“不过我看我们可以对付过去的。”于是我就随他们去了，他们围着一小堆篝火蹲着，在等待，天知道是在等待什么。

我往家走。脑子里一直在想他们蹲在那儿的样子，在想骑着那匹马往外冲的那个小子。这准是他们见到他的最后一面了。我要是怪他那我准是昏了头了。我指的倒不是他不舍得自己的马的事，而是他设法摆脱了像安斯这样一个大傻瓜。

那大概就是我当时的想法吧。因为像安斯这样一个家伙你是没法不对他产生一些想法的，他总是弄得你非给他干点什么事儿不成，即使下一分钟你气得直想踢自己一脚。这不，第二天早饭后一个小时光景，那个帮斯诺普斯干活的尤斯塔斯·格里姆带了一对骡子来找安斯了。

“我还以为他和安斯买卖没做成呢。”我说。

“当然做成了，”尤斯塔斯说，“他们全都喜欢那匹马。就像我跟斯诺普斯先生说的，这对骡子五十块钱他就肯脱手，是因为要是他的叔叔弗莱姆当初弄来这批得克萨斯马没有脱手的话，那么安斯是绝对不可能——”

“那匹马?”我说,“安斯的儿子昨天晚上把它骑走了,这会儿没准已经快到得克萨斯州了,可是安斯——”

“我不晓得是谁把马送来的,”尤斯塔斯说,“我没看见他们。我只是今儿早上去喂牲口的时候在谷仓里见到那匹马的,我告诉了斯诺普斯先生,他就吩咐我把两头骡子送到这儿来。”

哼,那准是他们见到他的最后一面了,这是不会错的。圣诞节前他们没准会收到他从得克萨斯州寄来的一张明信片,我琢磨。要是朱厄尔不走,我想我也该出走了,我好像也老是还不清他的人情似的。安斯真能使唤人,这一点儿也不假。他要是算不上是个人物,那就让我立马死去得了。

# 瓦达曼

现在一共有七只,高高的在天上打转,可以看到一个个黑圈圈。

“嗨,达尔,”我说,“瞅见了吗?”

他抬起了头。我们看着那些高高的小黑圈圈,像是一动也不动。

“昨天才只有四只。”我说。

其实昨天谷仓上面的秃鹰不止是四只。

“要是它还想落到大车上,知道我会怎么办吗?”我说。

“你会怎么办?”达尔说。

“我不会让它停在她身上的,”我说,“我也不会让它停在卡什身上的。”

卡什病了。他病了,躺在木盒子上面。不过我妈是一条鱼。

“咱们到了莫特森一定得买点药,”爹说,“我看咱们非得弄到点药不可。”

“你觉得怎么样,卡什?”达尔问。

“不碍事。”卡什说。

“要不要把腿再支高一些?”达尔问。

卡什把腿摔折了。他已经摔断两回了。他躺在木盒子上,头底下枕着一条卷起来的被子,膝盖底下垫着一块木头。

“我认为咱们应该把他留在阿姆斯蒂家里的。”爹说。

我的腿没有摔折过爹也没有达尔也没有还有“只不过有些肿块罢了，”卡什说，“它们一颠一颠的都合并成一个肿块了。不碍什么事的。”朱厄尔走了。他吃晚饭的时候骑着马走了

“这都是因为她不愿我们欠谁的人情，”爹说，“老天爷在上，世界上再没有人比我更不惜力的了。”是不是因为朱厄尔的妈妈是一匹马呢达尔？我说。

“也许我可以把绳子抽紧一些。”达尔说。朱厄尔和我都待在大车棚里可她却待在大车里道理就在这儿了因为马儿是待在谷仓里的可我却必须得不断地跑来跑去把秃鹰轰走

“你愿意抽紧就抽紧好了。”卡什说。杜威·德尔腿没有断我也没有。卡什是我的哥哥。

我们停了下来。达尔松开绳子的时候卡什又开始冒汗了。他的牙齿露了出来。

“疼吗？”达尔问。

“我看你最好把绳子重新缠上。”卡什说。

达尔重新缠上绳子，他使劲抽紧，卡什的牙齿露了出来。

“疼吗？”达尔问。

“不碍事的。”卡什说。

“你要让爹把车子赶得慢些吗？”达尔问。

“不用，”卡什说，“没时间耽搁了。好在不碍什么事。”

“咱们到了莫特森一定得弄到点药，”爹说，“我看咱们非得弄到点药不可。”

“叫他朝前赶路。”卡什说。我们朝前赶路了。杜威·德尔往后靠靠，给卡什擦脸。卡什是我的哥哥。可是朱厄尔的妈妈是一匹马。我

妈是一条鱼。达尔说等我们重新来到水边我可以见到她可是杜威·德尔说,她是在木盒子里。她怎么出来呢?我说她是打我钻的洞眼里钻出来进入水中的,等我们重新来到水边我就可以见到她了。我妈妈不在木盒子里。我妈的气味不是那样的。我妈是一条鱼

“等我们去到杰弗生,这些蛋糕可就好看了。”达尔说。

杜威·德尔没有把头扭过来。

“你最好想法子在莫特森把它们卖了。”达尔说。

“咱们什么时候能到莫特森,达尔?”我问。

“明天,”达尔说,“如果这对骡子没有颠散架的话。斯诺普斯准是用锯木屑来喂它们的。”

“他干吗用锯木屑喂骡子呀,达尔?”我问。

“瞧,”达尔说,“看见了吗?”

现在有九只了,高高的在天上,盘旋成小小的黑圈圈。

我们来到小山脚下的时候,爹停了下来,达尔、杜威·德尔和我下了车。卡什不能走路,因为他一条腿断了。“上哪,臭骡子。”爹吆喝道。骡子们憋足了劲儿拉,大车吱轧吱轧乱响。达尔、杜威·德尔和我跟在大车后面上山。我们到了山顶爹停下来,我们重新上车。

现在又变成十只了,高高的在天上,盘旋着,成为一个个小小的黑圈圈。

# 莫斯利

我一抬头，正好看见她站在橱窗外面，在朝里面看。她不是紧挨着玻璃，也没有特别在看什么东西；只不过是站在那儿脑袋朝这边转过来，眼睛正对着我，却好像什么也没看见，仿佛她正在等什么信号。等我再次抬起头来看时，她又朝店门走去了。

她在纱门那儿绊了一下，乡下人总是这样，然后走了进来。她那顶硬边的草帽端端正正地扣在头顶上，手里拿着报纸包着的一包东西。我料定她身上只有两毛五分钱，顶多也只有一块钱，她兜上一圈之后说不定会买一把便宜的梳子或是一瓶黑人用的花露水，因此我连一分钟也不去打扰她。不过我注意到，尽管她阴沉沉的，动作笨拙，人长得还算标致，像现在这样穿着格子布裙子，不施脂粉，肯定要比她买了她最后决定要买的东西时好看。或是她说了要买什么的时候。我知道她没进店就已经想好要买什么了。不过你得让她们慢慢地耗时间。因此我继续做我手头上的事，打算等艾伯特把冷饮柜龙头那边的事忙完让他去招呼她，就在这个时候艾伯特回到我身边来了。

“那个女的，”他说，“你最好去看看她要什么。”

“她要什么呢？”我说。

“我不知道。我什么也问不出来。还是你去招呼她吧。”

于是我绕过柜台走了出去。我看见她光着脚,脚趾张开很自然地站在地板上,好像她很习惯光脚似的。她抱着那包东西,紧盯着我看;我看清楚她那双黑眼睛比我见过的所有眼睛都黑,而且她是一个外乡人。我不记得在莫特森见到过她。"要买点什么吗?"我问。

她还是什么都不说。她盯着我,眼睛一眨都不眨。接着她扭过头去看看冷饮柜龙头那边的顾客。然后她眼光穿过我,一直朝店堂深处看去。

"你想看看化妆品吗?"我问,"或者是不是要买什么药?"

"正是。"她说。她又急急地回过头去朝冷饮柜龙头看了一眼。因此我想说不定她妈或是别的什么人派她来买那种妇科的药①可她又不好意思说。我知道她血色这么好不会是自己要用,再说她年纪也太小,顶多就是刚刚懂得干吗要用这种药。真不像话,这些乡下女人就这样坑害自己。可是你还得供应这种药,否则店开在这种地方只好喝西北风了。

"噢,"我说,"你要治什么病?我们有——"她又盯着我看,那意思就跟叫我"别吱声"差不多,而且又朝店堂深处看了看。

"我想到后面去。"她说。

"好吧。"我说。你得顺着她们的脾气。这样才能节省时间。我跟着她来到店堂后面。她把手按在门上。"里面除了处方柜之外别的什么也没有,"我说,"你想要什么?"她停住脚步,看着我,仿佛她把自己脸上、眼睛前面的一层盖子去掉了。正是她的眼睛:既有点呆滞,又怀着希望,还在阴郁地等待着什么不如意的答复。不过反正她是遇到了什么麻烦,这我可以看得出来。"你什么地方不舒服?"我问,"告诉我你需

---

① 指当时流行的一种声称能包治各种月经病的成药,据说主要成分为酒精。

要什么,我挺忙的。”我倒不是想催促她,可是一个城里人就是不像乡下人那样有空闲的时光。

“是妇科的毛病。”她说。

“哦,”我说,“就这个?”我想也许她比外表上看起来要年轻,她的初次来潮把她吓坏了,也许是来得有点不正常,小姑娘一般都是这样的。“你妈在哪儿?”我问,“你有妈没有?”

“她在外面的大车上。”她说。

“你干吗急着买药,干吗不先跟她谈谈,”我说,“任何一个妇女都会告诉你该怎么办的。”她盯着我看,我又打量了她一眼,问道:“你有多大?”

“十七了。”她说。

“哦,”我说,“我还以为你没准……”她又盯着我。不过,光从眼神里看她们全都像是没有年纪的,而且对世界上的事都是无所不知的。“你的情况是来的时间非常准确,还是不够准呢?”

她不看我了,可是她人没有动。“是的,”她说,“我想是的。不错。”

“那么,是哪一种情况呢?”我问,“你不知道吗?”卖给她简直是犯罪,也是件丢脸的事儿;可是话又要说回来了,她们反正也会从别人手里买到的。她站在那里,眼睛没有看我。“你想要点儿药把它止住?”我说,“是这样吧?”

“不,”她说,“它已经停住不来了。”

“那么,是什么——”她的脸稍稍下垂,她们跟男人打交道的时候都是这样的,你都不知道下一次闪电从什么地方亮出来。“你还没有结婚吧? 对不对?”我问。

“没有。”

“哦,”我说,“停了有多久了? 也许五个月了吧?”

"只不过两个月。"她说。

"呵,我的店里没有你想要买的东西,"我说,"除非是奶嘴。我劝你买一个奶嘴,然后回家去告诉你爹,要是你有爹的话,让他想办法让那个人掏钱给你去领一张结婚证书来。你还有别的事吗?"

可是她仅仅是站在那里,也没有看我。

"我有钱付给你的。"她说。

"是你自己的,还是他还算像个男子汉,给了你这笔钱?"

"他给我的。十块钱。他说这也够了。"

"在我的店里,一毛钱不够,给一千块钱也还是买不来,"我说,"你听我的劝告,回家去告诉你爹或是你哥哥如果你有哥哥的话要不就告诉你在路上遇见的第一个男人。"

可是她没有动弹。"莱夫说我可以在药房买到的。他还说要告诉你我和他绝对不会说出去是你卖给我们的。"

"我真希望你那位宝贝莱夫自己上这儿来买药,我真的希望这样。哼,很难说。要是他自己来我倒会对他有几分敬意呢——没准他这会儿已经在去得克萨斯州的半路上了,这完全有可能。我,一个有声望的药剂师,开着一家药房,养活着一家子人,五十六年来一直是这个镇上的忠实的基督徒。我真想亲自去告诉你的家长呢,要是我能打听出来他们是谁的话。"

她现在又看着我了,她的眼神和面容又和我初次透过橱窗看到她那时一样,又是空落落的了。"我本来也不知道,"她说,"是他告诉我可以在药房里买到的。他说人家也许不愿意卖给我,不过要是我有十块钱并且告诉药房的人我绝对不会说出去……"

"他指的绝对不是这家药房,"我说,"要是他指了或是提了我的名字,我要叫他拿出证据来。他有种再说一遍,我就要正正式式和他在公堂相见，你不妨原原本本跟他这么说。”

“说不定别的药房愿意卖吧。”她说。

“那我也不想知道。居然找到我头上来了，真是——”这时候我看了看她，话要说回来，乡下人的日子也真是艰苦；有时候一个男人……如果说陷入罪恶可以有一个理由的话——当然，这是绝对不容许的。不过话要说回来，人活在世界上日子真是单调枯燥，也实在没有理由一辈子规规矩矩直到老死。“你听着，”我说，“你可得把这个念头从脑袋里排除出去。你身上的东西是上帝给的，即使**他**有时候通过魔鬼来这样做；如果**他**有意把它取走，你也得让**他**来拿。你回到莱夫那儿去，你和他用这十块钱去办婚事吧。”

“莱夫说我可以在药房买到的。”她说。

“那你上别处去买吧，”我说，“你在我这儿是买不着的。”

她走出去了，夹着那个包包，她的脚在地板上发出了一阵轻轻的吱吱声。她出去时又在门上碰撞了一下。我透过橱窗可以看到她朝街心走去。

其他的事是艾伯特告诉我的。他说大车停在格伦梅特五金行的门前，使得妇女们纷纷掏出手帕掩鼻而过，而一大帮不怕臭的汉子和小男孩则站在大车四周，听警察局长和那个男的争论。那是个高高瘦瘦的人，他坐在大车上，说这是一条公共街道，他认为他和任何人一样有权利待在这儿，局长说他必须把车赶走，群众都受不了。艾伯特说人死了都有八天了。他们是从约克纳帕塔法县什么地方来的，要把死人送到杰弗生去。那一定很像一块发臭的干酪给搬上了一个蚁冢，艾伯特说那辆大车摇摇晃晃，谁都担心不等他们走出镇子大车就会散架，还带着那口自己打的盒子，上面铺了条被子，躺着个断了一条腿的汉子，父亲和小男孩坐在前座上，警察局长正想法子让他们赶快走人。

"这是一条公共街道,"那个人说,"我认为我们跟任何人一样有权利停下来买东西。我们又不是掏不出钱,天底下有哪条法律说想花钱还不让花的。"

他们是停下来买水泥的。另外一个儿子在格伦梅特的铺子里,想让格伦梅特拆开一包让他买一毛钱的,最后格伦梅特还是拆了一包,好快点把他打发走。他们打算用水泥来固定那个汉子的断腿,也不知他们要怎么弄。

"哼,你们想弄死他吗,"局长说,"你们会让他整条腿都报废的。你们快送他去找医生看,而且尽快把这个玩意儿埋掉。你们不明白危害公众健康是要坐牢的吗?"

"我们这不是正在想办法吗。"那个当父亲的说。接下去他絮絮叨叨地说了一大通:他们怎么等大车回来,桥给大水冲掉了,他们怎么多走八英里路去过另一座桥可是那也给冲走了,于是他们又折回来从浅滩上蹚过去,可是骡子淹死了他们只好再弄来一对骡子,接着又发现路给水漫没了,他们不得不绕道走莫特森镇,说到这里买水泥的那个儿子回来了,他叫他爸爸不要说了。

"我们马上就走。"他告诉局长说。

"我们不想跟谁过不去。"那个父亲说。

"你们快送那小伙子去医生那儿吧。"局长对拿着水泥的那个说。

"依我看他没什么事儿。"他说。

"不是我们不讲人情,"局长说,"不过我想你们自己也清楚情况到底怎么样。"

"当然,"那小伙子说,"等杜威·德尔回来我们马上就走。她去送一个包裹了。"

于是他们站在那里,周围的人都捂着鼻子往后退去,过了一会儿那个姑娘夹着那个用报纸包的包裹走过来了。

“快点儿,”拿着水泥的那个说,“咱们已经浪费了太多时间了。”于是他们爬上大车向前走了。一直到我去吃晚饭的时候我好像还能闻到那股气味。第二天,我见到警察局长,我吸吸鼻子对他说:

“闻到什么了吗?”

“我寻思他们这会儿已经到杰弗生了。”他说。

“要不就是在牢里。哼,谢天谢地不是在咱们镇的牢里。”

“那倒不假。”他说。

# 达 尔

“这儿有个人家。”爹说。他勒住骡子，坐在那里打量那幢房子。“咱们可以上那儿去要点水。”

“好吧，”我说，“你还得去跟他们借一个桶，杜威·德尔。”

“上帝知道得很清楚，”爹说，“我最不愿意欠别人的情分了，上帝清楚。”

“要是你看见大小合适的空罐头，拿过来就是了。”我说。杜威·德尔带着那包东西爬下大车。“你想在莫特森镇卖掉那些蛋糕，遇到的麻烦怎么那么多呢。”我说。我们的生命怎么就悄然化为一些无风、无声、疲惫地重复着的疲惫的姿态，化为看不见的手在看不见的弦上拨动的古老的振响的回声，夕阳西下时我们凝成了狂怒的姿态，玩偶们的僵死的姿态。① 卡什摔断了他的腿，现在里面的锯木屑正在流泻出来。他正在流血致死，这卡什。

“我是不愿意欠别人情分的，”爹说，“上帝最清楚。”

“那你自己去打水，”我说，“可以用卡什的帽子。”

杜威·德尔回来时那家的男人跟着她。然后他停住了脚步，她继

① 这一段“冥想”里显然能听到艾略特的《空心人》《荒原》等作品思绪的回响。

续往前走,他仍然站在那里,过了一会儿他回到屋子跟前站在廊子上,瞧着我们。

“咱们还是别把他抬下来的好,”爹说,“咱们可以就在这儿给他治。”

“你想抬下来吗,卡什?”我问。

“咱们不是明天就到杰弗生吗?”他说。他瞧着我们,他的眼光是疑问、专注与悲哀的。“我顶得住的。”

“弄好了你可以舒服一些,”爹说,“可以不至于互相碰撞。”

“我顶得住的,”卡什说,“停下来要耽搁时间的。”

“我们水泥已经买了,这不。”爹说。

“我顶得住的,”卡什说,“不就是还有一天吗?没什么大不了的。”他瞧着我们,他那张青灰色的瘦脸上两只眼睛显得很大,带着疑问。“它已经有点接上了。”他说。

“我们反正已经买了。”爹说。

我在罐头里和水泥,把缓缓倒进去的水跟淡青色的稠厚的一圈圈水泥搅在一起。我把罐头拿到大车跟前好让卡什看得见。他平躺着,他那瘦削的侧影衬在天空之前,显得艰苦而深沉。“你看这样差不多了吧?”我问。

“水不能放得太多,否则就不黏了。”他说。

“这样太多吗?”

“你是不是去找一点点沙子来。”他说。“反正还有一天了,”他说,“我也不觉得太难受。”

瓦达曼跑回到大路上我们方才蹚过的小溪那里,他带回来一些沙子。他把沙子慢慢地倒进罐子里黏稠的水泥里去。我又走到大车跟前去。

“这下子差不多了吧?”

“是的,”卡什说,“我其实能顶得住的。我一点也不觉得有什么不舒服。”

我们松开夹板,慢慢地把水泥倒在他的腿上。

“小心点,”卡什说,“尽量别沾到棺材上去。”

“好的。”我说。杜威·德尔从她的包裹上撕下一片纸,水泥打卡什的腿上滴下来时她便把它从棺材盖上擦掉。

“你觉得怎样?”

“挺舒服的,”他说,“凉森森的。挺舒服的。”

“但愿这能对你有点好处,”爹说,“我得请你原谅。我跟你一样没预料到会这样。”

“挺舒服的。”卡什说。

要是你能解脱出来进入时间,那就好了。那样就太好了,要是你能解脱出来进入时间的话。

我们再把夹板放好,缠上绳子,抽紧,黏稠的淡青色的水泥慢慢地透过绳子渗了出来,卡什静静地看着我们,眼光里带着深沉的疑问。

“这样就可以把腿固定住了。”我说。

“是的,”卡什说,“我是很领情的。”

这以后我们都在大车上扭过头来看他①。他在我们后面一点点跟了上来,背部木僵僵的,脸上的表情木僵僵的,只有髋骨底下才在动。他一句话也不说跟了上来,阴沉的脸上颧骨突出,两只灰眼珠木僵僵的,他爬上了大车。

“这儿是上坡,”爹说,“我看大伙儿都得下来走几步。”

---

① 指朱厄尔。

# 瓦达曼

达尔、朱厄尔、杜威·德尔和我跟在大车后面,正往山上走。朱厄尔回来了。他方才从路上赶了上来,爬上了大车。他是走来的。朱厄尔已经没有马了。朱厄尔是我哥。卡什也是我哥。卡什的一条腿折了。我们给卡什的腿固定住,这样他的腿就不疼了。卡什是我哥,朱厄尔也是我哥,不过他的腿没有折。

现在秃鹰有五只了,在高高的空中绕着小小的黑圈圈。

"它们是在哪儿过夜的呢,达尔?"我问,"我们在谷仓里过夜的时候,它们待在哪儿呢?"

小山一直升到天上去。接着太阳出现在小山的后面,骡子、大车和爹都走在太阳上。他们慢腾腾地走在太阳上面,你都不能正眼看他们。在杰弗生,太阳的红光照在橱窗里面的小火车轨道上。轨道闪亮,一圈又一圈地闪亮。杜威·德尔是这么说的。

今天晚上,我要去看看,我们在谷仓里过夜的时候秃鹰是待在什么地方的。

# 达　尔

“朱厄尔，”我说，“你是谁的儿子？”

微风正一点点从谷仓那边吹过来，因此我们把她放在苹果树底下，在那里，月光把苹果树斑斑驳驳的阴影投射在沉睡中的长木板上，在木板里面她有时会发出一阵轻轻的细语，那是流水般的秘密的喃喃声。我带瓦达曼去听。我们走到跟前时一只猫从那上面跳下来刺溜一下闪进了阴影，它的爪子和眼睛都闪出了银光。

“你妈是一匹马，不过你爹又是谁呢，朱厄尔？”

“你这天杀的满嘴胡言的浑蛋。”

“别这样骂我。”我说。

“你这天杀的满嘴胡言的浑蛋。”

“别这样骂我，朱厄尔。”在高高的月光底下他的眼睛像是悬在空中的一只小型足球上贴着的两小片白纸。

晚饭吃过后卡什开始微微出汗了。“腿上有点发烫，”他说，“是太阳晒了一整天的关系吧，我琢磨。”

“要不要给你泼点水在上面？”我们说，“兴许会让你的腿舒服一些。”

“太谢谢了，”卡什说，“都是因为太阳晒着的关系，我琢磨。我应该想到这一层把它遮起来的。”

“应该想到的是我们，”我们说，“你自己是料不到的。”

“我一点儿也没注意到它烫起来了，”卡什说，“我应该注意到的。”

于是我们泼了点水在那上面。水泥底下的那截腿和脚像是煮熟的一样。“现在觉得好点了吗?”我们说。

“太谢谢了,”卡什说,“舒服多了。”

杜威·德尔用自己的裙边给他擦脸。

“想办法睡上一觉。”我们说。

“好的,”卡什说,“我太谢谢了。现在舒服得多了。”

*朱厄尔,我说,你爹是谁,朱厄尔?*

*你这天杀的。你这天杀的。*

# 瓦达曼

她躺在苹果树下,达尔和我穿过月光走过去时一只猫跳下来跑了开去,我们可以听见她在木盒子里的声音。

“听见了吗?”达尔说,“把耳朵靠近一点。”

我把耳朵往近处靠靠,我听见她的声音了。不过我弄不清她到底在说什么。

“她在说什么呀,达尔?”我问,“她在跟谁说话?”

“她是在跟上帝说话,”达尔说,“她是在祈求**他**帮助自己呢。”

“她要上帝帮她做什么事?”我说。

“她要**他**把她藏起来不让别人看见。”达尔说。

“她为什么要藏起来不让别人看见呢,达尔?”

“为的是她可以独自安息。”达尔说。

“她为什么要独自安息呢,达尔?”

“你听。”达尔说。我们听到她的声音了。我们听见她翻了一个身。“你听。”达尔说。

“她翻了一个身,”我说,“她正透过木头在看我呢。”

“是的。”达尔说。

“她怎么能透过木头看东西的呢,达尔?”

“走吧,”达尔说,“咱们一定得让她安静地休息。走吧。”

“她没法从那里往外看,因为窟窿是在顶上,”我说,“她怎么能看呢,达尔?”

"咱们去看卡什吧。"达尔说。

这时候我看见了一些事情,杜威·德尔叫我不要告诉任何人

卡什的腿不对头。我们今天下午给他固定了一下,可是那里面又不对头了,他在床上躺着。我们往他的腿上浇了一些水,他觉得好多了。

"我觉得好些了,"卡什说,"太谢谢你们了。"

"想办法睡一会儿。"我们说。

"我觉得好些了,"卡什说,"太谢谢你们了。"

这时候我看见了一些事情,杜威·德尔叫我不要告诉任何人。这不是爹的事儿不是卡什的事儿不是朱厄尔的事儿不是杜威·德尔的事儿也不是我的事儿

杜威·德尔和我打算睡地铺。地铺打在后廊上,从这儿可以看到谷仓,月光照亮了半张地铺,我们将是半个人躺在白光里,半个人躺在黑影里,月光正好照着我们的腿。这样一来我就可以看到当我们在谷仓里过夜时它们待在什么地方了。我们今天晚上不在谷仓里过夜可是我能看到谷仓因此我能弄清楚它们在哪儿过夜。

我们躺在地铺上,我们的腿在月光底下。

"看呀,"我说,"我的腿看上去是黑的。你的腿看上去也是黑的。"

"快点睡吧。"杜威·德尔说。

杰弗生还远得很呢。

"杜威·德尔。"

"什么事?"

"现在不是圣诞节,它怎么会在那儿呢?"

它在闪闪发光的轨道上一遍一遍地打转。接着是轨道一圈又一圈地闪亮。

"什么会在那儿?"

"那辆小火车。橱窗里的。"

"你快点睡吧。要是在那儿你明天可以看到的。"

也许圣诞老公公不知道他们是城里的孩子吧。

“杜威·德尔。”

“你快一点睡吧。他不会让任何一个城里的孩子把它拿走的。”

它就在橱窗后面，红色的，在轨道上，轨道一圈一圈地闪光。它让我心发疼。这时候爹、朱厄尔、达尔和吉利斯皮先生的儿子来了。小吉利斯皮的腿露出在睡衣底下。来到月光底下他的腿显得毛茸茸的。他们绕过屋子朝苹果树走去。

“他们想干什么，杜威·德尔？”

他们绕过屋子朝苹果树走去。

“我闻到她的气味了，”我说，“你也闻到了吗？”

“别说话，”杜威·德尔说，“风向变了。快点儿睡吧。”

我很快就可以知道秃鹰在哪儿过夜了。他们绕过屋子，穿过月光下的院子，把她扛在肩膀上。他们把她朝谷仓抬去，月亮一动不动地、静静地照着她。接着他们走回来，重新回进屋子。他们在月光底下走时，小吉利斯皮的腿毛茸茸的。接着我等了一会儿说，杜威·德尔？接着我又等了一会儿想发现它们是在哪儿过夜的，这时我看到了一些事儿，杜威·德尔叫我不要告诉任何人。

# 达　尔

他站在黑黝黝的门口，仿佛他是黑暗凝成的，他穿着内衣，瘦得像一匹赛马，这时，初起的火光照亮他。他跳到地上，脸上有一种狂怒与不敢相信的神情。他早就看见我了，不用回头也不用转动眼珠，在他的眼睛里火光在游动，宛如两把小小的火炬。"快来。"他说，一边跳下斜坡冲向谷仓。

一时之间，他飞奔在月光下犹如一条银链，接着，随着一阵突如其来的无声的爆炸，他蹦跳起来，像一片从铁皮上剪出来的扁平的人形，这时整个谷仓的顶部同时起火，仿佛里面塞上了炸药似的。人们可以清清楚楚地看到谷仓的正面，那面有方方正正入口的圆锥形的墙——透过门口可以看见搁在锯架上像立体派画里的一只甲虫的方棺。在我的背后，爹、吉利斯皮、麦克、杜威·德尔和瓦达曼从屋子里冲了出来。

他在棺材旁停了下来，他弯下身子，瞅着我，满脸怒容。在我们头顶，火焰的声音响如雷鸣，一股凉风从我们身边冲过：风里一丝热气都没有，一把糠骤然飞起，迅疾地被吸到马厩那边去，马厩里有一匹马在嘶鸣。"快，"我说，"先救马。"

他又狠狠地盯了我一阵，抬头看了看屋顶，这才朝马儿嘶鸣的厩房跳过去。那匹马又是冲又是踢，发出的撞击声被火焰声吸了进去。火焰的声音听起来像一列无限长的火车在经过一座无限长的高架桥。吉利斯皮和麦克从我身边冲了过去，他们穿着身长及膝的睡衣，嘴里在叫嚷，声音又细又尖而且没有意义，但同时又是极度的狂暴与悲哀："……母牛……马厩……"吉利斯皮的睡衣给风扯到他的身前，在他多毛的大腿前鼓了起来，像是一个气球。

马厩的门砰的一下关上了。朱厄尔用屁股重新把门顶开，接着他弓着背，肌肉在外衣底下胀鼓鼓的，他拽着马头把马拉了出来。在火光中马的两只眼珠滚动着，里面显现出柔和、迅疾、狂野的蛋白色的反光；它昂起头，使朱厄尔双脚离地，它的肌肉隆起，在皮肤底下滚动。朱厄尔仍然慢慢地、死命地拖着马儿往前走，他扭过头来又朝我投来狂怒、迅疾的一瞥。他和马走出谷仓之后，那匹马还在挣扎，在往门里退，这时吉利斯皮光着身子从我身边经过，他的睡衣蒙在一头骡子的头上，他揍了那匹惊马几下才把它赶出门去。

朱厄尔奔跑着回来，他又一次低下头去看看棺材。可是他往前走了。"母牛在哪儿?"他经过我身边时嚷道。我跟在他后面。麦克正在厩房里和另一头骡子争斗。当它的脑袋转到火光里来时我也看见了它那两只狂乱地滚动着的眼球，可是它没有发出一点点声音。它仅仅是站在那里，扭过头来看麦克，麦克一靠近它就用后脚踢麦克。麦克回过头来看我们，在他脸上，眼睛和嘴巴形成了三个圆圆的窟窿，脸上的斑点像是摆在一个盘子里的英国豌豆。他的声音尖细，显得很遥远。

"我就是拽不动它……"这声音听起来像是从他的嘴唇边被卷走，飘出去很高很远，然后又经过一个很长很累人的距离传回来似的。朱厄尔悄悄地从我们身边蹿了过去，骡子把身子一扭，乱踢乱蹬，可是他已经抓住它的脑袋了。我靠到麦克的耳边说：

"睡衣。裹住它的头。"

麦克瞪大了眼看我。接着他把睡衣扒下来罩在了骡子的脑袋上，它马上就安静下来了。朱厄尔又对他吼叫道："母牛？母牛呢？"

"后面，"麦克喊道，"尽里面的那个厩房。"

我们进去时母牛瞅着我们。它退到了一个角落里，仍然在咀嚼，不过速度加快了。可是它不肯动。朱厄尔站住了，朝上面看了看，突然之间我们看到阁楼和地板全都没有了。它们变成了一片火海，一阵七零八碎的小火花像雨一样地降下来。朱厄尔朝四下看了看。身后畜槽底下有一只三条腿的挤奶用的凳子。他抄起凳子朝后墙的板壁砸去。他砸断了一块木板，又砸断一块，接着是第三块，我们把碎木片扯下来。正当我们在缺口处弯腰清理时一样东西朝我们当中冲来。是那头母牛。它飕的一声就从我们当中冲出缺口，去到外面的亮光之中，它的尾巴又僵又直地翘着，仿佛是垂直钉在它的尾椎骨上的一把笤帚。

朱厄尔转身朝谷仓里面走去。"等等，"我说，"朱厄尔！"我去拉住他，他把我的手打开。"你这傻瓜，"我说，"你没看见你从这儿回不去了吗？"谷仓的过道看上去真像探照灯照亮的雨景。"来，"我说，"咱们从这边绕过去。"

我们刚穿出缺口他就奔跑起来了。"朱厄尔。"我说，也跑了起来。他已经绕过一个屋角了。等我来到这个屋角时他都快到第二个屋角了，他衬在强光之前真像用铁皮剪成的黑影。爹、吉利斯皮和麦克站在远一些的地方看着这座谷仓，他们是粉红色的，他们后面是一片黑暗，月光一时之间黯然失色了。"抓住他！"我喊道，"截住他！"

等我来到前面时，他正在和吉利斯皮扭打：一个是瘦瘦的，穿着内衣，另一个则是一丝不挂。他们像是古希腊柱楣上的两个图形，给红光照得远离一切现实。我还未赶到，朱厄尔已经把吉利斯皮打倒在地，他转过身冲进了谷仓。

现在火焰的声音相当平静了,就像那条河发出的声音。我们透过谷仓门口那片逐渐变小的舞台,只见朱厄尔猫着腰跑到棺材靠里面的那一头,弯身在它的上面。燃烧的干草雨一般落下,形成一幅火珠子织成的门帘,有好一会儿朱厄尔抬起头来朝外面看我们,我还看得出他叫我的名字时的口形。

“朱厄尔!”杜威·德尔大声叫道,“朱厄尔!”我现在才听到五分钟来她一直在叫唤的声音,我也听到了她在抱住她的爹与麦克之间挣扎,在尖声叫唤“朱厄尔! 朱厄尔!”朱厄尔现在没有在看我们。我们看见他肩膀上一使劲,把棺材竖了起来,他用一只手一托,让它从锯架上滑下。棺材高得让人难以置信,把朱厄尔整个人都挡住了:要不是亲眼看见我真不会相信艾迪·本德仑需要这么大的空间才能舒舒服服地躺下。下一分钟棺材直立着,火星落在它上面溅了开来,好像这样的碰撞又引发出了更多的火星。接着棺材朝前倾斜,速度一点点加快,露出了朱厄尔,火星同样像雨点似的落在他的身上,也迸溅出更多的火星,因此他看上去就像围裹在薄薄的一层火云里。棺材没有停顿地朝前落下,翻了个身,停住片刻,然后又慢腾腾地朝前倒下去,穿过了那道火帘。这一回朱厄尔骑在它上面,紧紧抱住它,直到它砰然倒地把他摔出好远,麦克朝前一跳,跳进了一股淡淡的焦肉气味当中,他拍打着朱厄尔内衣上开花般冒出来的那些迅速扩大的、有深红色边缘的窟窿。

# 瓦达曼

我想弄清楚它们在哪儿过夜,结果我看见了一些事情。他们问:“达尔在哪儿?达尔方才上哪儿去了?”

他们把她抬回到苹果树下。

谷仓仍然是红红的,但已经不是谷仓了。它坍塌了下来,红红的火苗在往上蹿。谷仓化成了一小片一小片火舌,往上翻卷,逼向天空和星星,星星只好纷纷往后退。

这时候卡什还没有睡着。他的头从一边转到另一边,满脸都是汗珠。

“还要往腿上泼点水吗?”杜威·德尔说。

卡什的腿和脚都发黑了。我们举着灯察看卡什腿脚发黑的地方。

“你的脚真像是黑鬼的脚,卡什。”我说。

“我看咱们得把水泥砸掉。”爹说。

“真该死!你们干吗给腿包上水泥?”吉利斯皮先生说。

“我以为这样可以固定住,”爹说,“我完全是一片好意。”

他们找来了熨斗和铁锤。杜威·德尔掌着灯。他们必须使劲砸。这时候卡什睡死了过去。

“他现在睡着了,”我说,“他睡着了便不会觉得疼了。”

水泥仅仅裂开一些缝儿。它不掉下来。

“连皮也要一块儿揭下来了,”吉利斯皮先生说,“你们干什么要给他糊上水泥呢?你们就没人想到先给他的腿涂上一层油吗?”

“我只不过想让他好得快点,”爹说,“是达尔给糊的。”

“达尔在哪儿啦?”他们问。

“难道你们当中任谁都没有一点头脑,知道这样干不行吗?”吉利斯皮说,“我原来以为达尔还多少有点头脑的呢。”

朱厄尔脸朝下躺着。他的背部红扑扑的。杜威·德尔在给他的背上药。这种药是用黄油和烟灰调成的,据说可以拔掉火气。涂好后他的背是黑黢黢的了。

“疼吗,朱厄尔?”我问,“你的背跟黑鬼的一样了,朱厄尔。”我说。卡什的脚和腿跟黑鬼的一样。这时他们把水泥砸下来了。卡什的腿在流血。

“你给我回去躺下,”杜威·德尔说,“小孩子晚上应该睡觉。”

“达尔在哪儿呢?”他们问。

他在外面苹果树底下陪她,躺在她身上。他待在那儿不让野猫再来。我说:“你是想不让大猫来,是吗达尔?”

月光也斑斑驳驳地照在他身上。在娘的身上是一动不动的,在达尔身上则是斑斑驳驳一抽一抽的了。

“你用不着哭,”我说,“朱厄尔把她搬出来了。你用不着哭,达尔。”

谷仓还是红红的。但是不像方才那么红了。方才它还打着旋往上飞,吓得星星直往后躲免得掉下来。我看着心里直疼,就像看着小火车心里直疼一样。

*我想去弄明白它们在哪儿过夜,结果我看见了一些事情,杜威·德尔让我跟谁也别说。*

# 达 尔

已经有一阵子了，我们经过一块又一块的招牌：药房、服装店、专卖药品、车行、咖啡馆，路标在一点点减少，也变得越来越简单了：三英里、两英里。我们在小山顶上重新爬上大车，这时候，我们看见烟雾平平地贴在低地上，在无风的下午显得懒洋洋的。

"那就是吗，达尔？"瓦达曼问，"那就是杰弗生镇吗？"他也掉肉了，像大家的脸一样，他的脸上也有一种不自然的、做梦似的憔悴的神态。

"是的。"我说。他抬头看着天空。它们悬在高空，盘旋着，转的圈子越来越小，像烟一样，形象和目的有外在的相似之处，却没有透露行动的方向，看不出是在前进还是在倒退。我们再次爬上大车，卡什躺在木盒上，他腿上的水泥已经裂成一块块的了。两头瘦骡子拖着吱吱嘎嘎响的大车朝山下冲去。

"咱们必须送他去看医生，"爹说，"我寻思也没别的办法了。"朱厄尔衬衫背后贴肉的地方泛出了油腻的黑印。生命是在低谷里形成的。它随着古老的恐惧、古老的欲念、古老的绝望升到山顶上。[①] 因此我们必须一步步走上山，这样才可以坐在车上下山。

① 此处的想法似与古希腊的西绪弗斯神话有联系。

杜威·德尔坐在车座上,报纸包着的包裹放在膝上。我们来到山脚,路平坦地伸入两排夹墙似的树林之间,这时候,她开始不声不响地打量着路的左边和右边。最后,她说:

"我得下车。"

爹看着她,他的憔悴的侧脸上显示出他既预料到又很讨厌这件麻烦事儿的神情。他并没有勒住骡子。"干啥?"

"我得到树丛里去一下。"杜威·德尔说。

爹没有勒住骡子。"你就不能等到进了城再说吗? 现在连一英里都不到了。"

"停一下,"杜威·德尔说,"我得到树丛里去一下。"

爹在路当中停了下来,我们看着杜威·德尔从大车上爬下来,还带着那个包裹。她没有回头看。

"你干吗不把蛋糕留下?"我说,"我们会给你看好的。"

她继续往下爬,没有看我们。

"要是等咱们进了城,她怎么知道该上哪儿去方便呢?"瓦达曼说,"你进了城准备上哪儿去方便,杜威·德尔?"

她把包裹从车上拿下来,转过身子就消失在树木和矮树丛里了。

"尽量别多耽搁,"爹说,"咱们没有时间可以浪费了。"她没有回答。过了一会儿我们连她的声音都听不见了。"咱们应该照阿姆斯蒂和吉利斯皮说的做,捎个口信到城里去让人先挖起来准备起来。"爹说。

"你干吗不那样做呢?"我说,"你本来可以打电话的嘛。"

"干吗要打?"朱厄尔说,"在地上挖个坑谁不会呀?"

一辆汽车翻过小山顶。它开始摁喇叭了,一边把速度降下来。它换了低速挡挨着路边往前开,靠外面的轮胎都进了路沟了。它经过我们继续往前走。瓦达曼看着它一直到它消失为止。

"现在还有多远,达尔?"他问。

"不远了。"我说。

"咱们应该那样办,"爹说,"我只不过是绝对不想欠任何人的情分,她的亲骨肉不在此列。"

"在地上挖个坑谁不会呀?"朱厄尔说。

"用这种方式谈她的坟墓是对死者的不敬,"爹说,"你们全都不懂。你们从来就没有真正爱过她,你们任谁也没有。"朱厄尔没有回答。他坐得直僵僵的,背部凹成一个弧度,脱离开了衬衫。他那涨得红红的下巴支了出来。

杜威·德尔回来了。我们看着她出现在树丛里,拿着那个包,爬上了大车。她现在穿的是她星期天穿的好衣服,珠链、皮鞋、长袜,都一应俱全。

"我记得我跟你说过得把好衣服留在家里。"爹说。她没有回答,也不看我们。她把包裹塞进大车,自己也坐好了。大车往前走了。

"现在还剩下几个小山包啦,达尔?"瓦达曼问。

"只剩下一个了,"我说,"翻过这个马上就进城了。"

这座小山是红沙土的,路两边布满了黑人的小木屋,前面的天空横着密密麻麻的电话线,法院的大钟从树梢间露了出来。车轮在沙土里低语,仿佛脚下的大地也要我们进城时保持肃静。山坡开始上升时,我们爬下大车。

我们跟在大车和嘶嘶作响的轱辘后面,经过一所所小木屋,一张张脸突然出现在门口,只见到一对对的眼白。我们听见了突然发出来的惊喊声。朱厄尔原来是两边调换着张望的,现在他头直直地对着正前方,我可以看见他的耳朵气得通红通红。三个黑人走在我们前面的路边上,他们前面十英尺有个白人在走着。我们经过那些黑人时他们的脑袋突然转了过来,脸上显出大吃一惊和本能地大怒的神情。“老天爷呀,”其中的一个说,“他们大车上运的是什么东西?”

朱厄尔嗖地转过身去。“狗娘养的。”他骂道。骂声出口时他正好和那个白人并排挨齐,那个白人也就停住了脚步。那情况好像是朱厄尔突然之间瞎了眼,因为他转过身去对着的正好是那个白人。

“达尔!”躺在大车上的卡什喊道。我揪住朱厄尔。那个白人退后去一步,他脸上的表情仍然是放松的,紧接着他的下颚抽紧了,牙关咬得紧紧的。朱厄尔俯身对着他,下巴上的肌肉变白了。

“你方才说什么来着?”他说。

“嗨,”我说,“先生,他不是存心的。朱厄尔。”我说。我揪住他时他正朝那人扑过去。我拽住他的胳膊,跟他推推搡搡。朱厄尔一眼也没有看我。他想把手臂挣脱出来。我再朝那个白人看去时,他手里已经拿着一把打开的折刀了。

“别动手,先生,”我说,“我这不是在拦住他吗。朱厄尔!”我说。

“以为自己是个城里人就这么神气。”朱厄尔说,一边喘着粗气,想从我手里挣脱出来。“狗娘养的!”他说。

那人挤了过来,他开始挨近我的身体,眼睛盯着朱厄尔,刀子放低紧贴胁腹。“谁敢这样骂我。”他说。爹从车上爬下来了,杜威·德尔也搂住朱厄尔,把他往后推。我放开朱厄尔,转向那个人。

“等一等,”我说,“他不是存心的。他病了,昨天晚上他让火烧伤了,他头脑不大清楚。”

“不管火不火的,”那人说,“我不许别人这样骂我。”

“他以为你说了他什么了。”我说。

“我什么也没跟他说。我根本不认得他。”

“老天爷啊,”爹说,“老天爷啊。”

“我知道的，”我说，“他不是存心的。他收回就是了。”

“那么让他说他收回。”

“你把刀子收起来，他会说的。”

那个人看看我。他看看朱厄尔。朱厄尔现在安静下来了。

“把刀子收起来。”我说。

那个人把刀子折了起来。

“看在老天爷的分儿上，”爹说，“看在老天爷的分儿上。”

“告诉他你不是存心的，朱厄尔。”我说。

“我方才以为他说了些什么话了，”朱厄尔说，“正因为他是——”

“行了，”我说，“跟他说你不是存心的。”

“我方才不是存心的。”朱厄尔说。

“他最好还是小心点儿，”那人说，“骂我是一个——”

“你以为他不敢骂你吗？”我说。

那人瞅了瞅我。“我没这样说。”他说。

“你连想也别这样想。”朱厄尔说。

“别说了，”我说，“走吧。开路吧，爹。”

大车往前移动了。那人站在那里看着我们。朱厄尔没有回过头去看。“朱厄尔可以把他揍扁的。”瓦达曼说。

我们接近山顶了，那些街道就是从这里开始的，汽车在这里来回飞驰。两头骡子把大车拉上山顶，进入街道。爹勒住牲口。一条街往前延伸，通向开阔的广场，在那里，法院前面矗立着一座纪念碑。我们再次登上大车，遇到的行人都转过脸来，带着我们熟知的那种表情。只有朱厄尔没有上车。大车已经启动了，他仍然没有上来。“上车呀，朱厄尔，”我说，“快点。咱们离开这儿吧。”可是他仍然不上车，却把一只脚搁在后轮转动着的车轴上，一只手攀住车顶棚柱，车轴在他脚底下顺溜地转动着,他又提起另外一只脚,整个人蹲在那儿,笔直地瞪着前方,一动不动,瘦骨嶙峋,脊背直挺挺的,仿佛是从一块窄木板里刻出来的半蹲的人像。

# 卡　什

没有什么别的办法。不是送他去杰克逊[①],便是让吉利斯皮来控告我们,因为他已经有点知道是达尔放的火了。我不知道他是怎么知道的,反正他已经知道了。瓦达曼看见达尔干的,不过他赌咒说除了跟杜威·德尔说了以外他再没告诉别人,而她也关照过他千万不要跟任何人提起这件事。可是吉利斯皮还是知道了。反正他迟早也会猜到的。就凭那天晚上他所看到的达尔的奇怪举止他也会猜到的。

因此爹也说了:“我琢磨也没有别的办法了。”于是朱厄尔说:

“你打算现在就对付他吗?”

“对付他?”爹说。

“抓住他把他捆起来,”朱厄尔说,“他娘的,难道你还要等他把牲口和大车也都放火烧掉吗?”

不过这样做也没有什么必要。“这样做没有什么必要,”我说,“我们等艾迪入了土以后再说。”一个大半辈子都要关起来的人,在还没关进去的时候还是该尽可能享受些乐趣的吧。

“我想安葬的时候他还是应该在场的,”爹说,“上帝知道,这是我的

① 密西西比州的首府,该处有一个州立精神病院。

劫数哪。祸事一旦开了头就好像再也没完了。”

有时候我真拿不准谁有权利决定一个人是疯了呢还是没有疯。有时候我觉得我们谁也不是百分之百疯狂，谁也不是百分之百正常，大多数人那么说，他也就那样了。好像事实如何是无关紧要的，重要的是他表现的时候大部分的人对他抱的是什么看法。

看起来是因为朱厄尔对他太苛刻了，当然啰，让艾迪离杰弗生镇这么近是把朱厄尔的马卖掉才办到的，就这个意义来说达尔企图烧的是他那匹马创造的价值。不过在我们过河之前以及之后，我都不止一次地想过，如果**他**从我们手里把她接走，用某种圣洁的办法把她藏起来，这倒是上帝的一种祝福，因此在我看来，朱厄尔拼了命把她从水里救出来反倒是多少违背了上帝的旨意，接下去达尔觉悟到我们当中应该有人出来有所行动，我几乎可以相信他在某种意义上是做对了。可是他放火烧了人家的谷仓，差点儿把别人的牲口烧死，使**那人**的财产受到损失，这无论如何是说不过去的。从这点看，那他的的确确是疯了。也就是说，他和别人不能想到一块去。我想，除了同意大多数人的看法之外，也没有什么别的办法了。

不过不管怎么说，这总是一件丢人的事。大伙儿好像早就把那句很正确的古老的格言抛诸脑后了，那句格言说：无论何时都要钉紧钉子，刨光边缘，就像给自己打、为自己所用的一样。[1] 天底下好像总有一些人有可以用来盖法院的光滑、漂亮的木板，而别的人只能有配搭鸡棚的粗木料。不过，与其盖一座徒有其表的法院还不如盖一个结结实实的鸡棚呢，两样东西盖得都好也罢盖得都坏也罢，反正不会使一个人觉得舒服些或是觉得难过些。

---

① 这应是对《圣经·新约·马太福音》第7章第12节中一句话木匠化的发挥。那句话是这样的：“你们愿意人怎样待你们，你们也要怎样待人。”

就这样我们走在街道上，朝广场走去，这时候他说："咱们最好还是先送卡什去让医生瞧瞧。我们可以把他留在那儿，以后再回来接他。"这话说得不错。这是因为我和他出生的时候挨得近，差不多隔了十年朱厄尔、杜威·德尔和瓦达曼才开始相继出世。我和他们自然也很亲近，可是我说不清是怎么回事。我是老大，他所做的事我都是已经想到过的——我也说不清是怎么回事。

爹先瞧瞧我，接着又瞧瞧他，嘴里在嘟嘟哝哝。

"走吧，"我说，"咱们先把大事办了。"

"她是希望大家全都在场的。"爹说。

"咱们还是先送卡什去医生那里，"达尔说，"她可以等等。她已经等了九天了。"

"你们都不明白。"爹说，"要是你和一个人年轻时就处在一起，她眼看你变老，你也眼看她变老，眼看老年就这样来临，而你又听见这样的一个人说没有关系，你就会知道这是从冷酷的世界、从一个男人的全部痛苦和磨难里得出的真理。你们都不明白。"

"咱们还得挖坑呢。"我说。

"阿姆斯蒂和吉利斯皮都让你先捎话来，"达尔说，"你不要现在先去皮保迪大夫那里吗，卡什？"

"走吧，"我说，"腿现在不难受。还是按部就班办事的好。"

"要是只剩下挖坑，"爹说，"咱们还忘带铁锹了呢。"

"对了，"达尔说，"我去找五金行。咱们只好买一把了。"

"挺贵的呢。"爹说。

"你不舍得为她花钱？"达尔说。

"去买一把吧，"朱厄尔说，"来，拿钱来。"

可是爹还在说个没完。"我想咱们能借到一把的，"他说，"我想这儿也总有好心人的吧。”于是达尔坐着不动,我们继续前进,朱厄尔蹲在后挡板边,瞅着达尔的后脑勺。他很像一头恶犬,那种狗从来不叫,绷紧了拴它的绳子半蹲着,随时会扑向它盯着看的猎物。

他保持着这种姿势,直到我们来到本德仑太太①的房前,他听着屋子里传出来的音乐,一面用他那恶狠狠的眼白紧盯着达尔的后脑勺。

音乐是从屋子里传出来的。那是一种留声机的声音。声音很自然,就像是乐队在演奏似的。

“你要不要去皮保迪大夫那里?”达尔说,“他们可以留在这里告诉爹,我送你去皮保迪大夫那里,然后再回来接他们。”

“不用。”我说。还是快点让她入土为安的好,既然我们已经快大功告成了,就单等爹借铁锹回来了。他顺着街往前赶车,一直来到音乐传出来的那所房子。

“没准这家人家有铁锹。”他说。他在本德仑太太房前勒住牲口。好像他预先知道似的。有时我独自思忖,要是一个勤快的人能像懒人天生会找到自己的偷懒办法那样预见自己的工作途径,那该有多好。他就停在那里仿佛他预先知道似的,就停在传出音乐声来的小小的新房子前面。我们等候在那里,听着音乐。我相信我可以杀苏拉特的价,压到用五块钱把他的那台唱机买下来,音乐就是让人心旷神怡。“说不定这家人家有铁锹。”爹说。

“你要朱厄尔去呢,”达尔说,“还是我去更合适?”

“我看还是我自己去吧。”爹说。他爬下去,走上小道,绕过房子朝后面走去。音乐声停止了,接着又响了起来。

“他也能借到的。”达尔说。

---

① 应指下一任的本德仑太太。

"是啊。"我说。就好像他知道似的,仿佛他能看透墙壁,预见到未来十分钟会发生的事似的。

只不过已经超过十分钟了。音乐声停止了,好一会儿都没有重新开始,她跟爹在房子里面谈着。我们则等候在大车里。

"你还是让我送你去皮保迪那里吧。"达尔说。

"不,"我说,"咱们先让她入土为安。"

"他还回不回来呀。"朱厄尔说。他咒骂起来。他开始从大车上爬下来。"我要走了。"他说。

这时候我们看见爹回来了。他拿着两把铁锹,绕过屋角走来。他把铁锹放进大车,自己爬上来,我们便驱车朝前走。音乐再也没有响起。这时,爹正回过头去看那座房子。他像是把手稍稍举了一下,我看见窗子那儿帘子撩开了一点点,里面是她的脸。

可是最最古怪的还是杜威·德尔。我简直吃了一惊。我很久以来就明白人们有理由说达尔不正常,不过那都不是出于个人的恩怨。仿佛达尔也是身不由己,跟你我一样,你为此事发火就跟踩在泥潭里溅了一身稀泥时冲着泥潭发火一样毫无道理。还有我总觉得他和杜威·德尔之间有些事情是心照不宣的。要是让我说我们哥儿几个当中她最喜欢谁,我得说最喜欢的是达尔。可是等我们把坑填上,盖好,赶了大车走出大门,拐进那两个人[①]等着的巷子时,当他们走过来朝他挨过来他往后闪缩时,扑向达尔的竟是杜威·德尔,当时就连朱厄尔也还没顾得上动手呢。这时候我相信我知道吉利斯皮是怎么知道他的谷仓会起火的了。

她没有说一个字,甚至也没有看达尔一眼,可是当那两个人把自己的来意告诉他,说他们要带走他而他往后面缩时,她像只野猫似的朝达

① 指当地的公务人员。

尔扑去，这样一来，两个家伙中的一个只得腾出手去拉她，不让她像只野猫似的对着达尔又是抓又是撕，这时，另外那个人、爹和朱厄尔把达尔推倒在地，压住他不让他动，达尔眼光朝上看着我。

“我原来以为你会告诉我的，”他说，“我从来没有想到你居然一声也不吭。”

“达尔。”我说。可是他又挣扎着和朱厄尔以及那个人打了起来，另外一个拦住杜威·德尔，瓦达曼在大声叫嚷，朱厄尔却在说：

“杀死他。杀死这个狗娘养的。”

事情弄成这样真是糟糕透了。真是糟糕透了。活儿干砸了，人是脱不了身的。他脱不了身了。我想跟他说这一点，但是他仅仅说：“我以为你会告诉我的。并不是我想……”他说，接着大笑起来了。另一个家伙把朱厄尔从他身上拉开，于是他坐在地上，哈哈大笑。

我想跟他说清楚。我真希望我的身子能够动，甚至能够坐起来。可是当我想跟他把事情说清楚时他仅仅是忍住了笑，抬起头来看我。

“你想让我去吗？”他说。

“这样对你比较好，”我说，“那边挺清静，没人打搅你，也没有别的事儿，这样对你比较好，达尔。”我说。

“比较好。”他说。他又开始大笑。“比较好。”他说。他不可能说这句话光是为了哈哈大笑吧。他坐在地上笑了又笑，我们看着他，事情太糟了。弄成这样真是太糟了。我可看不出来有什么可笑的。故意毁掉别人辛辛苦苦盖起来的房子，毁了他辛辛苦苦种出来的粮食，这不管怎么说也是不对的嘛。

可是我拿不定谁有权利说什么是疯，什么不是疯。每个人内心深处都好像有另一个自我，这另一个自我已经超越了一般的正常和不正常，他怀着同情的恐惧与惊愕注视着这个人的正常的和不正常的行径。

# 皮保迪

我说："我琢磨只有走投无路的人才会让比尔·凡纳把自己当牲口治，可是肯让安斯·本德仑用生水泥糊弄的，准是比我多两条腿的畜生。"

"他们只不过想让我不那么痛苦。"他说。

"只不过？见鬼去吧，"我说，"阿姆斯蒂怎么这么笨，就让他们重新把你抬上大车？"

"腿眼看在一点点好起来，"他说，"我们根本没有时间可以耽搁。"我只好瞪大眼睛看他。"再说我也不觉得难受。"他说。

"你断了一条腿，在没有弹簧的大车里颠了六天，躺倒了不能动还跟我说不觉得难受。"

"我是没觉得太难受嘛。"他说。

"你是说，没让安斯觉得太难受吧，"我说，"他把那个可怜的人儿扔在大街上，给他铐上手铐好像他是个杀人犯，也不觉得难受吧。别跟我说什么难受不难受了。为了敲掉水泥不得不揭去六十多平方英寸的皮，你也觉得不难受？下半辈子得用一条短腿瘸着走路——如果你还能走的话——还说不难受？用水泥，"我说，"天哪，安斯干脆把你带到靠得最近的木材厂，把你的腿往锯子底下一塞，岂不更加省事？这样倒真能把脚治好呢。接着你再把他的脑袋往锯子底下一塞，这样你们一家人就全得救了……安斯这家伙上哪儿去啦？他又在捣鼓什么了？”

“他把借来的铁锹送回去。”他说。

“那是不假，”我说，“他当然得借把铁锹，好把老婆埋了。他还巴不得能借到一个现成挖好的坑呢。你们哥儿几个没把他一块儿扔到坑里去，真是太可惜了……这样疼不疼？”

“没什么。”他说，可是黄豆大的汗珠从他的脸上滚下来，他的脸白得像吸墨水纸一样。

“是没什么了不起的，”我说，“到明年夏天你就能用这条腿一蹦一跳了。那时你就不会觉得难受了，还说没什么呢……如果说你多少有点儿运气，那就是弄断的还是上回断过的那条腿。”我说。

“爹就是这么说的。”他说。

# 麦高恩

我当时恰好在处方柜后面，正在倒巧克力浆，乔迪到后面来说："嗨，斯基特，前面有个女的要看医生，我问她要看什么医生，她说她要看在这儿应诊的大夫，我告诉她这里没有大夫应诊，她就愣愣地站在那里，朝店堂后面看。"

"是个什么样的女人？"我说，"让她上楼去艾尔福德的诊所。"

"是个乡下女人。"他说。

"让她上法院看热闹去，"我说，"告诉她所有的医生都上孟菲斯开医生大会去了。"

"好吧，"他说，转身走开去了，"乡下姑娘像她那样就算标致的了。"

"等一等。"我说。他站住了，我走过去从门缝里往外张望。不过我看不清楚只知道她那双照在灯光底下的腿长得不错。"你说她挺年轻，是吗？"我说。

"乡下妞儿像她这样就算很够味儿了。"他说。

"拿着这个。"我说，把巧克力浆往他手里一塞。我脱掉围裙①，朝店堂前面走去。她真是挺漂亮的。是那种黑眼睛的妞儿，你要是对她用

① 药店里卖苏打水的伙计才需要用围裙。

情不专,她准会给你捅上一刀。她真是挺漂亮的。店里没有别人,正是用午餐的时刻。

“有什么事需要我帮忙吗?”我说。

“你是大夫吗?”她问。

“那当然。”我说。她不看我了,眼光朝四下里瞟了瞟。

“我们到后面去说好吗?”她说。

虽然只有十二点一刻,我还是走过去关照乔迪给我望望风,老头来了就吹声口哨,一般来说他一点钟以前是不会回来的。

“你还是省点事吧,”乔迪说,“他知道了会一脚踢在你屁股上把你开除,快得你眼皮都来不及眨。”

“他一点钟之前绝对不会回来,”我说,“你会看到他进邮局去取信的。你现在眼睛睁大点儿,有情况给我吹一声口哨。”

“你想干什么?”他问。

“你给我瞧着点儿,我待会儿告诉你。”

“你不让我当帮手吗?”他说。

“你他妈的想到哪儿去了?”我说,“你以为这儿是配种站吗?你给我好好看着。我要去检查病人了。”

于是我就朝后面走去。我在镜子面前停了下来,抹抹头发,接着我朝处方柜后面走去,她就等候在这里。她正在看药柜,这时又把眼光转向我。

“好了,小姐,”我说,“你哪儿不舒服?”

“是妇女的麻烦事儿,”她说,注视着我,“我有钱。”她说。

“哦,”我说,“你有了妇女的麻烦事儿呢还是因为妇女的麻烦事儿到现在还不来?如果是那样,你算是遇到好大夫了。”那些乡下人也真是。在一半的情况下她们不知道自己需要什么,在另一半的情况下她们又说不清楚。钟面上已经是十二点二十分了。

“不是的。”她说。

“什么不是的?”我问。

“我那个不来了,”她说,“就是这样。”她瞧着我。“我有钱。”她说。

现在我明白她的意思了。

“哦,”我说,“你肚子里有了一样你本来不想要的东西。”她盯着我看。“你希望保住它还是希望它没有,嗯?”

“我有钱,”她说,“他说可以在药房里买到一种药。”

“谁这样说的?”我问。

“他说的。”她说,眼睛盯着我。

“你还不想说出名字来呀,”我说,“不说出那个在你肚子里下种的人的名字? 叫你来买药的就是他?”她不吭声。“你还没结婚,是吧?”我说。我没见到有结婚戒指。不过看起来,乡下人大概还不时兴戴结婚戒指。

“我有钱。”她说。她拿给我看,是包在手帕里的:一张十块的票子。

“你当然会有钱,”我说,“他给你的?”

“是的。”她说。

“哪一个给的?”我说。她瞪着眼睛看我。“他们当中哪一个给你的?”

“就只有一个。”她说。她瞧着我。

“算了吧。”我说。她什么也没说。麻烦的是,那个地窖只有一个出口,而且是在房子里面的楼梯的后面。钟面上已经是一点差二十五分了。“像你这样的美妞儿。”我说。

她打量着我。她开始把钱包放回到手帕里去。“对不起,我马上就回来。”我说。我绕过处方柜走出去。“你听说过那个耳朵被拧伤的人的故事没有?”我说,“后来连炮声他都听不见了。”

“你最好趁老头没回来快让她从里面出来。”乔迪说。

“你只管待在他出了工钱让你待着的地方,他要逮着的话也只能逮着我一个。”我说。

他慢腾腾地朝店堂前面走去。“你打算把她怎么样,斯基特?”他问。

“我不能告诉你,”我说,“反正不会给她讲大道理。你快上前面去给我看着。”

“说呀,斯基特。”他说。

“唉,走吧,”我说,“我什么也不会干的,就给她开个处方罢了。”

“发现后面有个女的他也许不会怎么样,可是要是他发现你乱动处方柜,他会一脚把你踢到地窖楼梯底下去的。”

“比他更厉害的杂种我也不是没见过,”我说,“快回去看他来了没有,去呀。”

于是我回到后面去。钟面上已经是一点差一刻了。她正在给包了钱的手帕打结。“你压根儿不是医生。”她说。

“谁说不是的。”我说。她打量着我。“因为我显得太年轻、太漂亮,不像,是不是?”我说。“咱们这地方原先的医生都是些害风湿病关节不灵活的老家伙,”我说,“杰弗生镇简直成了年老大夫的养老院。生意呢,越来越差,任谁都不生病了,后来人们发现妇女压根儿不看病了,于是他们把老大夫一个不剩全给赶走,请了我们这些年轻、漂亮的来,娘们儿喜欢小伙儿嘛,于是女人家又开始生病了,生意也就一点点好了起来。现在全国都推行这个做法。这事你没有听说过?准是因为你从来不看医生。”

“我现在要看医生。”她说。

"你算是找到最好的医生了,"我说,"我刚才就跟你说了。"

"你有对症的药吗?"她说,"我有钱。"

"这个嘛,"我说,"当然啰,一个医生学着搓甘汞丸的时候是什么都得学一点的,不定什么时候用得着嘛。可是你的问题就很难说了。"

"他告诉我可以买到一种药的。他告诉我在药房可以买到的。"

"他跟你说了是什么药了吗?"我说,"你最好回去问问清楚。"

她不再看我了,那块手帕在她两只手里绞来绞去。"我得想点办法。"她说。

"你是不是很紧迫了所以得想点办法?"我问。她瞪着我。"当然啰,一个医生什么都得懂点儿,别人都想不到他懂得这么多。不过他不会把自己知道的一五一十都说出来的。那是犯法的。"

乔迪在前面喊道:"斯基特。"

"对不起,我出去一会儿。"我说。我走到店堂前面。"你看见他了吗?"我问。

"你还没完啊?"他说,"要不你上这儿来望风吧,让我来看病。"

"你还不如去下一个蛋呢。"我说。我回到后面去。她注视着我。"当然啰,你很清楚,帮你做了那件事,我会坐牢的,"我说,"执照给吊销,我只好去做苦工了。你明白吗?"

"我只有十块钱,"她说,"要不下个月我把不够的送来。"

"哼,"我说,"十块钱?我的知识和技术可是无价之宝啊。区区十块钱哪够啊。"

她盯着我看,眼睛眨都不眨。"那你要什么呢?"

钟面上已经是差四分一点了。我决定该让她走了。"你猜三遍我再告诉你。"我说。

她眼睛眨都不眨一下。"也只好这样了。"她说。她看看后面,又看看周围,接着她朝前面看看。“你药先给我。”她说。

“你的意思是,现在就可以?”我说,“就在这里?”

“药先给我。”她说。

于是我拿出一只标有刻度的量杯,尽量用背遮住她的视线,挑了一只看上去没什么问题的瓶子,好在谁也不会把毒药放在一只没标记的瓶子里的,那样做会坐牢的。这瓶东西闻着像松节油。我倒了一些在量杯里,递给了她。她闻了闻,透过量杯看看我。

“这药闻着像松节油。”她说。

“当然,”我说,“这仅仅是初步的治疗。你今天晚上十点钟再来,我再给你采取别的治疗,还要动手术。”

“手术?”她说。

“不会弄痛你的。你以前不是没动过这样的手术。听说过以毒攻毒没有?”

她打量着我。“会有效吗?”她问。

“当然有效啦。只要你再回来接受治疗。”

她眼皮眨都不眨就把那不知什么药喝了,接着便走了出去。我来到店堂前面。

“你成了吗?”乔迪说。

“什么成了?”我说。

“嘻,别装蒜了,”他说,“我又没打算抢你的雏儿。”

“哦,她呀,”我说,“她只不过想要点儿药。她下痢不止,又不大好意思在不相干的人面前提起。”

反正今天晚上有我的戏,所以我帮老家伙核对好账,把帽子递给他,八点半不到就让他离开店门。我陪他一直走到街角,看着他经过两盏路灯消失在黑暗中。接着我回到店里,等到九点半我关上前面的灯,锁上门，只留尽里面的一盏灯亮着。这时我来到店堂后面，把一些爽身粉塞在六只胶囊里，稍稍打扫了一下地下室，这就算是全齐了。

十点钟她准时来到，钟声还没全部打完呢。我打开门，她进来了，走得很快。我朝门外看看，什么人也没有，只有一个穿背带裤的小男孩坐在街沿石上。“你要买什么？”我说。他一声不吭，光是看着我。我锁上门，关了灯，走到后面去。她在那里等我。她现在不盯着我看了。

“药在哪儿？”她问。

我把那盒胶囊拿给她。她把盒子捏在手里，看看那些胶囊。

“你能肯定这药有效吗？”她问。

“当然，”我说，“不过要在你接受了最后的治疗以后。”

“我在哪儿接受治疗？”她问。

“在底下的地下室里。”我说。

# 瓦达曼

现在地方宽敞多了,也亮多了,不过商店都是黑黢黢的,因为店里的人都回家了。商店黑黢黢的,不过我们经过的时候灯光从玻璃橱窗上掠过。灯光是法院周围的林子里发出来的。灯蹲在树上,不过法院本身倒是黑黢黢的。法院屋顶上的钟四面都看得见,因为它是亮着的。月亮也是亮着的。不算太亮。达尔去杰克逊[①]了他是我哥达尔是我哥不过它远远地挂在天边,照亮了铁轨。

“咱们走那条路吧,杜威·德尔。”我说。

“干吗?”杜威·德尔说。橱窗里铁轨绕着圈儿,亮闪闪的,红红的小火车待在铁轨上。不过她说圣诞老公公不会把小火车卖给城里的孩子的。“到圣诞节它会出现在橱窗里的,”杜威·德尔说,“你得等到过节,到那时他会把小火车带回来的。”

达尔到杰克逊去了。许多人没去杰克逊。达尔是我哥。我哥要去杰克逊了

我们走过时,灯光也跟着转,它们蹲在树上。四边都是一样的。它们绕法院一圈,走远了就看不见灯光了。不过你可以在远处黑黢黢的

---

① 州府所在地,疯人院亦设立于此处。

窗户上看见反光。人们都回家睡觉了,只除了我和杜威·德尔。

坐火车去杰克逊。我的哥

一家店里有一星灯火,在店堂深处。橱窗里放着两大杯苏打水,一杯红的一杯绿的。两个人都喝不完它们。两头骡子也不行。两头牛也不行。达尔

一个男人来到店门口。他看着杜威·德尔。

“你等在这儿。”杜威·德尔说。

“我干吗不能进去?”我说,“我也要进去。”

“你等在这儿。”她说。

“好吧。”我说。

杜威·德尔进去了。

达尔是我哥。达尔疯了

走路比坐在地上要辛苦多了。那人站在打开的门口。他看看我。“你要买什么?”他问。他头上油光光的。朱厄尔的头有时候也是油光光的。卡什的头一点也不亮。达尔他去杰克逊了我的哥哥达尔他在街上吃香蕉。你喜欢吃香蕉吗?杜威·德尔说。你等到圣诞节。到那时小火车会在的。那时候你就可以见到了。因此我们就会有香蕉吃了。我们会有一大口袋,我和杜威·德尔。他锁上门。杜威·德尔在里面。接着灯光一眨,熄灭了。

他到杰克逊去了。他发疯了也去了杰克逊。许多人都没有发疯。爹、卡什、朱厄尔、杜威·德尔和我都没有发疯。我们从来没有发过疯。我们也从来没去过杰克逊。达尔

我听见那头母牛的声音有好一会儿了,蹄子嗒嗒响　　在街上。接着它走到广场上来了。它穿过广场,脑袋耷拉着　　蹄子嗒嗒响

它哞哞叫。它叫之前广场上没有什么,但是也不是空的。不过它

叫过之后广场上什么也没有了。它往前走，　　蹄子嗒嗒响　　它哞哞叫了。我哥哥是达尔。他坐火车去杰克逊了。他不是坐火车去发疯的。他在我们的大车上就已经疯了。达尔她进去已经有好一阵了。那头母牛也走了。有好一阵了。她进去比那头母牛走开的时间还要长。但是还没有空荡荡的时间长。达尔是我哥。我的哥哥达尔

杜威·德尔出来了。她看着我。

“现在我们绕到那边去吧。”我说。

她盯看着我。“不会起作用的，”她说，“那个坏小子。”

“什么不会起作用啊，杜威·德尔？”

“我就知道不会起作用的。”她说。她眼睛茫茫然的。“我很清楚。”

“咱们打那边走吧。”我说。

“咱们得回旅馆去了。时间晚了。咱们得悄悄地溜回去。”

“咱们就不能顺便去看一看吗，啊？”

“你吃香蕉不是更好吗？这不是更好吗？”

“好吧。”我哥他疯了他也到杰克逊去了。杰克逊比发疯还远

“不会起作用的，”杜威·德尔说，“我知道肯定不会的。”

“什么不会起作用呀？”我问。他得坐火车去杰克逊。我没有坐过火车，达尔倒坐过火车了。达尔。达尔是我哥哥。达尔。达尔

# 达 尔[1]

达尔到杰克逊去了。他们把他押上火车,他哈哈大笑,走过长长的车厢时哈哈大笑,他经过时所有的脑袋都像猫头鹰的头那样扭了过来。“你笑什么?”我问。

“是啊是啊是啊是啊是啊。”

两个男人把他押上火车。他们穿着配合不当的外套,右面后屁股兜那里鼓了出来。他们后脖梗那里黑白分明,仿佛最近那两个同时给他们理发的理发师都有卡什那样的粉线斗似的。“你是笑那两把手枪吗?”我说。“你干吗要笑?”我问,“是因为你憎恨笑的声音吗?”

他们把两个座位拉在一起,让达尔可以坐在窗前笑个够。一个人坐在他身边,另一个坐在他对面的座位上,背对火车前进的方向。他们当中有一个必须反着坐,因为州政府的钱币的正面总有一个背面,背面也总有一个正面,他们坐这趟火车用的正是州政府的钱,这些钱是在搞乱伦。一枚镍币一面是一个女人而另一面是一头野牛[2],两个正面却没

---

① 本书每一节都是作为标题的人物的内心独白,用第一人称。这一节例外,用的是第三人称。

② 达尔把两种五分硬币混成为一种。背面是野牛的那种正面应是一个印第安人的头像,而不是自由女神。

有背面。搞的是啥名堂我可说不上来。达尔有一只小型望远镜,这是他打仗时从法国弄回来的。里面有一个女人和一头猪,两个都是背面却没有正面。我倒知道那是在搞什么名堂。“你就是为这个才哈哈大笑的吗,达尔?”

“是啊是啊是啊是啊是啊是啊。”

大车停在广场上,是拴住的,两头骡子动也不动,缰绳绕在座位的弹簧上,车尾对着法院。它看上去跟广场上那一百辆别的大车没有什么两样;朱厄尔站在车旁朝街上张望,跟那天在镇上的任何一个人没有什么两样,不过还是有些明显的不同。大车有火车即将离别时那种错不了必然会有的气氛,也许是因为坐在车座上的杜威·德尔、瓦达曼和躺在大车里褥子上的卡什都在吃纸口袋里的香蕉。“你就是为了这个才哈哈大笑的吗,达尔?”

达尔是我们的兄弟,我们的兄弟达尔。我们的兄弟达尔被关在杰克逊的一个笼子里,在那里他那双污黑的手轻轻地放在静静的格缝里,他往外观看,嘴里吐着白沫。

“是啊是啊是啊是啊是啊是啊是啊是啊。”

# 杜威·德尔

他看到了我的钱，我说："这不是我的钱，这不是属于我的。"

"那么是谁的呢？"

"是科拉·塔尔的。这是塔尔太太的。我卖蛋糕得来的。"

"两个蛋糕能卖十块钱？"

"你可不能动。这不是我的。"

"你压根儿没有蛋糕。全是胡说八道。你那个包裹里包的是星期天穿的好衣服。"

"你不能动！你动了就是一个贼。"

"我自己的闺女说我是贼。我自己的闺女哪。"

"爹。爹。"

"我管你吃管你住。我爱你照看你，可是我这个亲生女儿，我那死了的老伴儿的亲生女儿啊，竟然骂我是贼，就在娘的坟头不远的地方。"

"这不是我的钱，再跟你说一遍。如果是我的，我马上就给你，老天爷在上。"

"这十块钱你从哪儿搞来的？"

"爹。爹。"

"你不愿告诉我。是不是用不正当的办法搞来的所以才不敢讲？"

“这不是我的,我告诉你。你怎么就不明白呢?”

“我还不至于拿了钱不还吧。可是她竟骂自己的亲爹是贼。”

“我不能给你,我跟你说。我告诉你这不是我的钱。是我的你就拿去。老天爷在上。”

“给我都不要。我自己生的白白养了十七年的女儿,竟舍不得借给我十块钱。”

“这不是我的。我没法给你。”

“那么,是谁的呢?”

“是别人给的。用来买东西的。”

“买什么东西?”

“爹。爹。”

“就算我借你的还不行吗。上帝知道,我最恨我的亲骨肉责怪我了。我供养他们可是从来没有舍不得过。我总是高高兴兴地给他们,眉头都不皱一皱。可是他们现在倒嫌弃我起来了。艾迪呀,你走了倒是省心了,艾迪。”

“爹。爹。”

“老天爷看得清楚,还是死了的好。”

他拿了钱,走出去了。

# 卡　什

我们当初停下来借铁锹时听见屋子里在放留声机,等我们用完铁锹时爹就说了:“我看我该去把铁锹还给人家了。”

于是他又到那幢房子里去了。“咱们该把卡什送到皮保迪那儿去了。”朱厄尔说。

“耽误不了一分钟的。”爹说。他从大车上爬下来。音乐现在又响起来了。

“让瓦达曼去还吧,”朱厄尔说,“他用你一半的时间就能把事情办好。要不这样,你让我——”

“我看还是我去还吧,”爹说,“既然当初是我去借的。”

因此我们待在大车里等着,不过留声机现在不响了。我寻思我们家没有留声机也许是对的。我寻思要是听着音乐,我恐怕什么活儿都干不成了。照说呢,听听音乐也是人生的一大享受。比如说,一个人晚上筋疲力尽回到家里,一边休息一边听上一点音乐,那是再舒坦不过的了。我见到过有种留声机,一关上就像一个手提箱,还有把儿什么的,你想把它带到哪儿去都挺省事。

“你倒说说他到底在干什么?”朱厄尔说,“要是我,抱着那两把铁锹走十个来回的时间都有了。”

“让他慢慢地干吧，”我说，“要知道，他可没你那么麻利。”

“那他干吗不让我去还呢？我们得去治你的腿这样明儿个才能动身回家呀。”

“咱们时间有的是，”我说，“不知道分期付款买那种玩意儿得多少钱。”

“分期付款？”朱厄尔说，“你拿什么去买呀？”

“总有办法的吧，”我说，“我寻思花五块钱可以把苏拉特那一台买下来了。”

这时候爹回来了，我们就去皮保迪大夫家。我们在那儿时爹说他要到理发店去刮刮脸。到了那天晚上他说他有事要出去一下，说的时候眼光移了开去，他头发蘸了水梳得光溜溜的，喷了香水挺好闻的，我就说让他去吧，我自己还想多听听音乐呢。

第二天早上他又出去了，接着他踅回来叫我们把车套上准备动身，他会来找我们的，他们几个去套牲口时他说：

“我想你身上再没有钱了吧。”

“皮保迪给了我一点，刚够付旅馆房钱的，”我说，“咱们也不需要花什么钱了吧，是吗？”

“是的，”爹说，“不需要了。我们不需要花钱了。”他站在那里，眼光没有对着我。

“要是需要的话，我想说不定皮保迪可以……”我说。

“不需要了，”他说，“没什么别的花销了。你们都在街角那儿等我好了。”

接着朱厄尔套好牲口过来接我，他们在大车里搭了个铺，让我躺下，我们赶车穿过广场来到爹指定的那个街角，我们在大车里等着，杜威·德尔和瓦达曼在吃香蕉，这时候我们看见他们从街上走过来了。

爹走来时一脸硬充好汉而又做贼心虚的样子,就跟过去干了什么妈不喜欢的事儿时一样,他手里提着一个小箱子,朱厄尔说了:

“那是谁?”

这时我们看清了使他显得不像平日那样的倒不是那个提箱,而是他的脸,朱厄尔又说了:“他安上假牙了。”

这一点儿不假。这一来他显得高了一英尺,头也抬得高高的了,一副小人得志的样子,还趾高气扬的呢。接着我们看见他后面还有个女的,手里拿着另一个提箱——可是个穿得漂漂亮亮鸭子模样的女人,有一双挺厉害的金鱼眼,好像男人还没开口她就能瞪得他把话咽回去似的。我们就待在车上傻呆呆地瞪着他们,杜威·德尔和瓦达曼嘴巴半张开,吃了一半的香蕉拿在手里,那个女人从爹身子后面走了出来,大大方方地看着我们,就像她在回敬男人的瞪视一样。接着我看清了她手里拿着的提箱就是那种轻便的小留声机。真是一点儿不错,关得严丝密缝怪精致的像张画儿一样,后来每逢一张邮购的新唱片寄来时,我们坐在屋子里(外面是大冬天)听着音乐,这时我就想起达尔不能跟我们一起享受,真是太可惜了。不过这样对他也许更好些。这个世界不是他的,这种生活也不是他该过的。

“这是卡什、朱厄尔、瓦达曼,还有杜威·德尔。”爹说,一副小人得志、趾高气扬的样子,假牙什么的一应俱全,虽说他还不敢正眼看我们。“来见过本德仑太太吧。”他说。

1987—1988 年译成

1994 年根据美国文库版校改

2012 年岁暮订正

# 诺贝尔文学奖作家文集 ⊙ 加缪卷·泰戈尔卷

**鼠疫**

［法］阿尔贝·加缪 / 著
李玉民 / 译
定价：48.00元

**局外人**

［法］阿尔贝·加缪 / 著
李玉民 / 译
定价：45.00元

**第一人**

［法］阿尔贝·加缪 / 著
李玉民 / 译
定价：48.00元

漓江的书，买了再说！

**卡利古拉**

［法］阿尔贝·加缪 / 著
李玉民 / 译
定价：50.00元

**西绪福斯神话**——论荒诞

［法］阿尔贝·加缪 / 著
李玉民 / 译
定价：35.00元

**纠缠**

［印］泰戈尔 / 著
倪培耕 / 译
定价：48.00元

**沉船**

［印］泰戈尔 / 著
杉仁 / 译
定价：53.00元

**泡影**

——泰戈尔短篇小说选
［印］泰戈尔 / 著
倪培耕 / 译
定价：58.00元

# 诺贝尔文学奖作家文集⊙普吕多姆卷·黛莱达卷·米斯特拉尔卷

**枉然的柔情**

［法］苏利·普吕多姆／著

胡小跃　／译

定价：50.00元

**邪恶之路**

［意］格拉齐娅·黛莱达／著

黄文捷／译

定价：50.00元

**常青藤**

［意］格拉齐娅·黛莱达／著

沈萼梅／译

定价：56.00元

**风中芦苇**

［意］格拉齐娅·黛莱达／著

蔡蓉　吕同六／译

**柔情**

［智］加布列拉·米斯特拉尔　／著

赵振江　／译

定价：50.00元

**爱情书简**

［智］加布列拉·米斯特拉尔　／著

段若川　／译

定价：30.00元